ROUGE BALTIC

Du même auteur :

« Tirez sans sommation ! »

PAT CARTIER

ROUGE BALTIC

Une enquête du détective Tom Randal

Roman

© 2021, Pat Cartier

Édition : BoD – Books on Demand,
12/14 rond-point des Champs-Élysées, 75008 PARIS

Impression : Books on Demand GmbH, Norderstedt, Allemagne

ISBN: 978-2322-3819-75

Dépôt légal : décembre, 2021

A Tom et Maggan

CHAPITRE 1

— Je vous écoute, monsieur Stenson.
— Tout d'abord, monsieur Randal, merci de me recevoir ainsi, sans rendez-vous, dans vos bureaux de la rue de l'Odéon. Mon nom est Björn Stenson, je suis suédois, mon épouse a disparu depuis deux jours.
— Diable ! ... murmure Tom Randal, légèrement surpris par l'entame de la discussion. Au fait, excusez-moi, dit-il tout en se tournant vers sa secrétaire dans la pièce d'à côté : « Twiggy, tu voudrais bien venir, je crois qu'il va falloir prendre des notes ».

Twiggy, l'impétueuse secrétaire de Tom, entre dans son bureau, vêtue d'une jupe plutôt minimaliste et d'un chemisier blanc trop sage boutonné jusque sous le menton. Tom la complimente pour sa coiffure, tandis qu'elle s'installe sur une chaise à côté de lui, en tirant pour la forme sur sa jupe qui s'était un peu retroussée.

Tom Randal a l'air reposé après les quelques semaines de congés qu'il s'est octroyées pour récupérer de la fin éprouvante de sa dernière enquête.

A trente-trois ans, avec ses cheveux bouclés, ses lunettes rondes et son allure sportive, il a ce côté juvénile qui déroute parfois les clients cherchant à être rassurés par une expérience professionnelle qui se lirait directement sur les rides ou cicatrices du visage d'un détective.

N'attendant pas de client ce matin, il est plutôt habillé en tenue de weekend, pull en laine et pantalon de velours. La météo est à la pluie en ce lundi de début avril.

Une fois Twiggy installée, Tom se retourne vers Björn :
— Vous disiez à propos de votre épouse ?
— Elle est très connue en Suède, reprend Björn sans relever, elle s'appelle Gunilla Lundberg, nous vivons séparés depuis un bon moment. Si la situation doit s'aggraver je serai forcément le premier suspect, je n'aurai personne pour m'aider ou me défendre, c'est pourquoi je voudrais vous engager comme détective dans le but de retrouver mon épouse au plus vite et, si elle a été enlevée, de débusquer les malfaiteurs.
— D'où me connaissez-vous ?
— J'ai côtoyé Ingmar Lundqvist pendant mes études et dans mon travail ensuite, il était très introduit dans les milieux d'affaires. Son assassinat précisément ici dans vos locaux, a fait à l'époque l'objet de nombreux articles de presse chez nous, votre nom a été cité, votre enquête aussi, vous êtes connu en Suède !

— Qu'est-ce qui vous fait croire que la disparition de votre femme n'est pas simplement un désir de se mettre au vert, suggère Tom Randal s'interrogeant sur sa propre fibre écologique.

— Elle est partie, il y a deux jours, de Stockholm vers midi avec Mats Hellman, son amant actuel, vers l'île de Korsö où lui possède une petite maison. C'est une information qui me vient d'une collègue de travail de ma femme, depuis, pas de nouvelles, ils ne sont plus dans cette île, qui fait partie de l'Archipel, ni dans l'île proche de Runmarö où Gunilla, est propriétaire d'une grande demeure.

— De quel archipel parlez-vous ?

— A l'est de Stockholm, à environ quarante kilomètres, la côte laisse place à un chapelet de plusieurs dizaines de milliers d'îles, des grandes jusqu'à des minuscules. Sandhamn est la plus connue, la plus touristique. Cet Archipel, nous l'appelons, en suédois « *skärgården* », le jardin des petites îles.

— Poétique ! pour en revenir à Gunilla Lundberg, pourquoi disiez-vous qu'elle est très connue ?

— Ses parents possèdent des journaux et deux chaines de télévision, c'est elle qui fixe la ligne éditoriale du groupe, qui s'appelle LNS, Lundberg News Sweden, elle fait beaucoup de politique, elle est très influente, certains la surnomment « Gun »….

— Diable ! quelle serait précisément ma mission? avance Tom avec une moue dubitative.

— Je voudrais que vous meniez l'enquête pour éclaircir sa disparition. J'ai pris ce matin très tôt un vol Stockholm-Paris pour venir vous voir ici à votre bureau, je voudrais retourner en début d'après-midi avec vous là-bas, j'ai un billet d'avion à votre nom sur le vol SK 1728 opéré par SAS à 12h15 à Roissy pour Arlanda, l'aéroport de Stockholm.

— C'est une manie, lance Tom à Twiggy, c'est bien la troisième fois en quelques mois qu'on me kidnappe ainsi, un billet d'avion en main !

— Oui, s'esclaffe Twiggy, il y a eu Marchetti pour New York puis Lynn Dervaux pour Auckland, mais tu avais eu au moins un ou deux jours pour te préparer !

— Vous-même, Björn, quelles sont vos activités en Suède ? relance Tom.

— J'habite un appartement dans le centre de Stockholm, Skeppargatan 15, je suis marié avec Gunilla Lundberg depuis dix ans, nous n'avons pas d'enfant, je suis journaliste free-lance, je travaille surtout pour LNS, le groupe de la famille de ma femme. Les parents de Gunilla, Gustav et Gittan, ont environ 70 ans, ils avaient une autre fille, Annelie, qui s'était mariée avec Göran Jacobsson, mais elle est décédée il y a 18 mois. Göran travaille aux côtés de Gunilla dans la partie administrative du groupe LNS.

— Voilà qui est déjà un peu plus clair, Twiggy tu me mets ces informations au propre, et vous, Björn, vous avez pris connaissance de mes tarifs ? reprend Tom.

— Oui, confirme Björn, ne vous inquiétez pas, je vous verse maintenant une semaine d'honoraires et je prends bien sûr tous les frais à ma charge.

— Alors le temps de passer prendre chez moi quelques affaires et nous pourrons nous mettre en route, au fait quel temps fait-il en ce moment en Suède ?

— Nous sommes au début du mois d'avril, il y a encore un peu de neige ici ou là, certes les jours rallongent, mais il peut faire entre 0° et 15°si tout va bien, vous avez peut-être évité l'hiver !

— Bon ! je n'habite pas loin, je vais aller prendre juste un bagage, je vous retrouve ici dans une heure, ensuite nous pouvons foncer à Roissy, vous m'expliquerez toute l'affaire dans l'avion !

— Bien, je fais un tour dans le quartier en attendant.

— Vous voulez peut-être un café avant de sortir ? propose Twiggy.

Tom fait un signe à Twiggy « à tout de suite », puis traverse l'entrée où se trouve le bureau de sa secrétaire, franchit la fameuse porte d'entrée en verre, celle que, lors de l'enquête précédente, le fameux Ingmar Lundqvist avait fracassée, un couteau planté dans le dos et descend quatre à quatre le vieil escalier de l'immeuble.

Le mois dernier il a abandonné le studio qu'il louait près de la rue Mouffetard. Il s'était trouvé un deux-pièces tout près de son bureau de l'Odéon, rue Servandoni, entre Saint Sulpice propice aux méditations et le jardin du Luxembourg, parfait pour s'aérer. Les prix des locations dans le quartier ne sont pas vraiment les plus bas de la capitale, alors il s'est rabattu, dans un vieil immeuble, sur un appartement au 6ème étage sans ascenseur, ce qui opère une sélection naturelle des occupants, qui se recrutent sans doute parmi les marathoniens ou encore les coureurs d'ultra-trail.

A l'entrée de l'immeuble, il croise la concierge, ravie de l'aubaine, elle lui barre le passage de son balai et commence à lui faire la causette, une pause bienvenue pour elle. Mais Tom l'interrompt poliment, « Madame Farida, ce serait un tel plaisir de m'entretenir avec vous de ces questions de météo, mais je crains de n'avoir pas le temps, je prends l'avion dans deux heures », le balai fait marche arrière, une moue de dépit s'installe sur le visage de madame Farida, Tom peut entreprendre l'ascension des six étages.

Arrivé dans son appartement, il ferme les volets et coupe l'eau car la tuyauterie de ce vieil immeuble a parfois des faiblesses, c'est bien naturel...

Il jette dans son sac cabine quelques tenues de rechange, un jean, des polos, de quoi tenir une semaine. Il enfile une veste chaude pour le Grand Nord, sans oublier son passeport et son portefeuille. Il règle le débit d'arrosage de sa plante verte, un formium rutilant qu'il a acheté pour se souvenir de la Nouvelle-Zélande.

Il s'interrompt, le temps de vérifier s'il n'a rien oublié, ah si ! il fonce à la kitchenette, sort d'un tiroir situé à côté de l'évier une plaque de 200 grammes de chocolat noir 100% cacao qu'il va glisser dans la poche latérale de son bagage. C'est à la fin de sa précédente mission, alors qu'il cherchait à calmer un peu sa nervosité, qu'il avait découvert, dans un magasin de la Rive Droite ce chocolat cru sans sucre, certes amer, mais qui lui procurait des instants de « zénitude ».

Il jette enfin un dernier regard désolé au lit en bataille, puis sort et dévale les six étages à toute vitesse.

Il se retrouve à son bureau au bout d'une demi-heure, où il découvre une Twiggy passablement énervée :
— Mais quelle tête fais-tu ?
— C'est l'autre, ton client suédois, ah il m'a échauffé les sangs !
— Calme-toi, que s'est-il passé ?
— Bon d'abord, dès le début, je dois dire que sa tête ne me revenait pas, un grand maigre, un air de faux-jeton...
— Tu exagères !
— Si, il porte sur son visage cette expression, il se donne des airs sympas, mais dans son regard on sent qu'il est

calculateur, prêt à t'enturbanner, en plus pour un Suédois il n'est même pas blond, des cheveux d'un noir de corbeau !

— Attends, sa femme vient de disparaître, il a le droit d'être inquiet !

— Tu sais à quoi je pense ? ne m'en veux pas, mais je me demande si ce n'est pas lui qui a fait disparaître sa femme...

— Twiggy, arrête...

— Non, je dis juste, il te prend comme détective pour faire de toi son alibi.

— Twiggy, un alibi cela se prépare avant un meurtre, pas après !

— Bon, j'arrête, mais ton histoire me paraît vérolée dès le départ, fais attention à lui !

— Bravo, Twiggy, tu as résolu mon enquête, je peux ramener mes affaires à mon appartement.

— Mes excuses, Tom, mes excuses, mais je dois aussi te dire, cela n'a rien à voir avec ton enquête, plutôt avec ton client : quand tu es parti, il a commencé à me faire du charme...

— Ce n'est pas la première fois que cela t'arrive, non ?

— Oui, mais dans le genre lourd, j'ai payé pour le lait j'embarque la crémière, tu vois, il n'avait pas du tout l'air inquiet à ce moment-là de la disparition de sa femme, je lui ai fait comprendre qu'il aille plutôt faire un tour dans le quartier.

— Si tu veux, j'annule mon enquête.

— Non, laisse tomber, j'avais cela sur le cœur, c'est bon, c'est sorti.

Tom s'approche de la fenêtre de son bureau et voit Björn sur le trottoir d'en face l'attendant tranquillement, il lui fait signe qu'il descend tout de suite :

— A bientôt, Twiggy, sois sage, je pars pour une semaine, je pense, dit Tom avec un gros sourire.

— Tu sais, Tom, nous pourrions peut-être nous marier ?

— Oh là Twiggy, mais qu'est-ce que tu as ce matin ? avec qui as-tu passé la nuit ? et puis as-tu oublié que tu es toujours mariée avec ton agent d'assurances ? Bon, je sais qu'il ne te voit pas souvent mais quand même. D'ailleurs, religieux comme il est, il n'osera jamais divorcer.

— Bon, alors c'est très simple, tu le tues, moi la veuve je t'embauche pour l'enquête et tu conclus au suicide, j'appelle le commissaire du poste de Saint Sulpice, avec qui j'avais sympathisé lors de ta précédente enquête, pour me signer les papiers…non ?

— Twiggy, je te donne une semaine de congés à prendre tout de suite, repose-toi, pas d'excès, va au cinéma, à bientôt, conclut Tom en la serrant dans ses bras.

Il sort de son bureau, armé de son sac cabine, à l'assaut de sa prochaine mission.

CHAPITRE 2

Björn et Tom pénètrent dans l'avion de SAS partiellement rempli, un Airbus A320, l'ambiance est déjà suédoise : l'hôtesse est blonde, large sourire, « *Välkommen* ! » Bienvenue ! Ils s'installent à la rangée 3.

Le téléphone de Björn émet une petite musique insistante, il jette un regard à l'hôtesse « je prends, mais c'est mon dernier appel » accompagné d'un sourire.

Les traits du visage de Björn se figent instantanément, le souffle court il se laisse tomber sur son siège, bredouille quelques mots en suédois, langue qui pour Tom ressemble beaucoup à du javanais au niveau de la compréhension.

L'embarquement se termine, l'hôtesse fait signe à Björn d'achever sa conversation, on boucle les ceintures, les moteurs ont commencé à ronronner, Björn a raccroché, il se tourne lentement vers Tom :

— Tom, je peux vous appeler « Tom » ? sur un signe de tête de l'intéressé, Björn poursuit : c'est Elena Wijkander, une amie inspectrice de police à Stockholm, qui m'a appelé, le commissaire principal de Stockholm veut m'interroger dès mon arrivée à Arlanda !
— Vous voulez dire...
— Non, juste m'interroger mais je suis déjà dans le collimateur de la police, vous allez devoir m'aider, Tom.
— Mais bien sûr, je ferai tout ce que je peux, Björn.

Tom laisse Björn reprendre ses esprits, il réfléchit à cette mission dans un pays dont il ne connaît rien, ni la langue ni la géographie et qui n'est pourtant pas si loin de la France ! Il a souvent fantasmé sur les belles Suédoises, il a aussi été impressionné par les quelques films d'Ingmar Bergman qu'il était allé voir dans la salle de cinéma d'art et d'essai de la rue Saint André des Arts, il se souvient même qu'un maréchal de Napoléon, Bernadotte, est monté sur le trône de Suède (Twiggy ajouterait « Bern à dot » ?) :
— Allons bon, je suis en pays de connaissance, se rassure Tom.

L'avion roule sur le tarmac, s'approche de la piste d'envol, par le hublot ils voient deux avions en attente devant eux.

Le téléphone de Björn émet cette fois un bip, il avait oublié de l'éteindre, il fait un geste d'excuse à l'hôtesse qui a entendu, mais il se précipite néanmoins pour le lire, une seule phrase en suédois, d'Elena Wijkander. Björn soupire, se retourne vers Tom : « Elle m'informe que je vais être mis en garde à vue, c'est précisément ma sortie du territoire suédois, pour venir vous voir, qui a été interprétée comme une fuite. Je vous présenterai tout de suite au commissaire pour justifier mon escapade ».

Tom laisse à Björn le temps de digérer l'information en forme de couperet, il en profite pour l'observer en silence.
Cheveux noirs coupés en brosse, plutôt grand, rien d'impressionnant, la quarantaine portée en bandoulière, Björn n'a pas le profil du séducteur d'une des femmes les plus connues de Suède.

L'avion a décollé, pour environ deux heures trente de vol. Björn rassemble ses forces, se carre dans son siège et annonce à Tom qu'il va lui dresser le tableau de la situation globale :
— J'ai rencontré Gunilla Lundberg il y a quinze ans en travaillant pour le groupe LNS, elle cherchait à s'émanciper de la tutelle pesante de ses parents, je crois que j'étais juste au bon endroit au bon moment, sans plus. J'ai tenu à garder mon statut de journaliste free-lance pour ne pas être happé par le groupe et la famille Lundberg. Au début, Gunilla voyait souvent sa sœur Annelie et son beau-frère Göran, mais quand nous nous sommes mariés, nous n'avons plus fréquenté Göran qu'au travail, en nous croisant dans les bureaux. Annelie, très introvertie, ne travaillait pas chez LNS, où Gunilla vraiment extravertie régentait le groupe, la réussite de Gunilla devait faire de l'ombre à Annelie.
— De quoi est décédée Annelie ?
— Chute de cheval, un accident.
— Et Gunilla, comment est-elle ?
— C'est une belle femme, très dynamique, usant de son charme pour faire passer ses idées, elle a vite compris qu'en utilisant la ligne éditoriale du groupe elle pouvait peser sur l'opinion publique et donc sur la politique du gouvernement, elle

s'est mise à côtoyer les ministres, à les appuyer ou au contraire à les descendre, par exemple elle a milité pour le réarmement des forces militaires, ou encore elle s'est insurgée contre la politique migratoire du gouvernement trop laxiste à son goût.

— Elle n'a pas dû se faire que des amis...

— Bien sûr que non, comme je vous l'ai dit à Paris, on la surnomme « Gun »...non sans raisons.

— Et le groupe LNS ?

— L'habileté des parents Lundberg, ce fut de mettre en place un réseau de quatre journaux à la fois nationaux et régionaux, la première moitié du cahier présentant les infos nationales ou internationales, la seconde moitié, purement locale, permettant aux lecteurs de retrouver les détails de la vie de leur région. Il y a les éditions de Stockholm, Malmö, Göteborg et Uppsala. A cela s'ajoutent deux chaines de télévision fonctionnant selon le même principe, l'une nationale, l'autre locale, par tranche horaire.

— Vous avez aussi évoqué l'amant de Gunilla à mon bureau...

— Oui, enfin celui du moment, il est journaliste chez LNS, il s'appelle Mats Hellman, il possède une maison sur l'île de Korsö, à côté de Sandhamn.

— Et Gunilla, elle, a une maison à Runmarö, me disiez-vous ?

— Oui, ils n'habitent pas très loin l'un de l'autre, mais vous pensez bien que des collègues ainsi que le régisseur de la maison de Gunilla sont allés voir sur place : aucune trace d'eux ni du bateau de Mats, leurs téléphones ne répondent plus.

— Vous avez fait des recherches dans cet archipel, dans les îles proches, dans les ports, pour repérer ce bateau ?

— Oui, vous pensez bien ! une hypothèse serait qu'il soit caché dans un hangar à bateau, comme presque chaque maison au bord de la mer dans les îles de l'archipel en possède, précise Björn.

Les voyageurs interrompent leur conversation car l'hôtesse leur apporte les collations, boissons, sandwichs, cafés, que chacun mange ou boit en silence.

Puis ils se débarrassent des cartons et verres en plastique et reprennent :
— Quelqu'un peut vous aider sur place quand nous arrivons ? s'enquiert Tom.
— Bonne question : d'abord un ami d'enfance, Lars Edholm, nous étions au lycée ensemble, on se voit assez souvent, il travaille comme concessionnaire de marques automobiles, il a mon âge, il est costaud et sportif. C'est un gars très sympathique, j'ai toute confiance en lui, il est très serviable.
— Vous vous voyez dans quel cadre ?
— Il a déjà pu m'épauler dans des enquêtes journalistiques, mais on se voit plutôt hors du travail, on discute politique, on fréquente des filles.
— Politique ? demande Tom.
— Oui, par exemple Lars approuve la ligne de Gunilla sur l'immigration mais un peu moins celle sur la politique internationale.
— Et sinon, d'autres appuis ?
— Oui, il y a Elena Wijkander dont je vous ai déjà parlé, nous avons sympathisé lors d'une enquête journalistique que je menais, depuis on se voit assez souvent, ce n'est pas une amie à proprement parler mais elle est très serviable, très droite, comme policière elle fait bien son travail, une fille très sportive.
— Elle peut être un appui intéressant !

— Oui, certainement, ensuite il y a Lotta Karlsson avec qui je vis actuellement, mais c'est une fausse piste, nous avons envisagé plusieurs fois de nous séparer, cette fois je me demande même si je vais la retrouver à mon appartement. Elle a un poste très important chez LNS, elle est l'assistante de direction à la fois pour Gunilla, l'éditorialiste fonceuse et pour Göran, le gestionnaire de l'administratif.

— Je comprends, acquiesce Tom.

— Il y a aussi peut-être Kerstin Sellberg, je l'ai bien connue dans le passé, nous étions restés ensemble environ six ou huit mois, ce qui est un exploit avec une pétroleuse comme elle, mais nous sommes toujours bons amis, d'ailleurs je la revois depuis peu, si vous voyez ce que je veux dire…C'est aussi une journaliste free-lance, très percutante, elle a ses arguments, son charme pour forcer les confidences ou manipuler les gens. Je vais vous envoyer les coordonnées téléphoniques de ces personnes. Dès notre arrivée, c'est prévu, nous allons directement à mon appartement pour une réunion avec Elena, Kerstin et Lars en vue de fixer le programme de demain.

— Arrivée qui pourrait être perturbée par la présence de votre commissaire principal, il me semble.

— Nous verrons bien, répond Björn un peu fataliste. Un dernier mot, Tom, en Suède tout le monde se tutoie, vous allez au supermarché, la caissière vous tutoiera, il y a peut-être le roi qu'on ne tutoie pas. Certes si vous ne comprenez pas le suédois et si vous parlez l'anglais (que pratiquement tous les Suédois parlent) vous ne vous en rendrez pas compte bien sûr. En plus on utilise vraiment beaucoup les prénoms, alors je te propose de te tutoyer, Tom !

— Je suis d'accord avec toi, Björn, conclut Tom avec un sourire, d'ailleurs j'ai oublié de te féliciter pour ta maîtrise de notre langue.

— J'ai fait une partie de mes études en France, à la Sorbonne, précise Björn.

Chacun commence à classer ses papiers, Tom a reçu les fiches des contacts de Björn, il regarde par le hublot le paysage de lacs, l'avion amorce sa descente, Tom est prêt à débuter sa nouvelle enquête.

CHAPITRE 3

Tom et Björn sont sortis de l'avion, ils marchent le long de la passerelle en forme de tunnel vers le bâtiment d'arrivée d'Arlanda, ils sont parmi les premiers à sortir.

A l'intérieur du hall, ils passent une porte vitrée qui s'ouvre automatiquement, derrière laquelle attend un groupe de quatre personnes, on dirait des officiels. L'un d'eux s'avance vers Björn, lui barre même la route, les autres membres du groupe entourent Björn, il y a dans le lot deux policiers en uniforme bleu foncé, munis de leur arme. Björn est bloqué, Tom s'arrête à ses côtés, le chef du groupe se présente à Björn, puis s'adresse à Tom en suédois qui fait un signe d'incompréhension :
— Circule, tu gênes le passage, dit-il en anglais.
— Je voyage avec Björn, répond Tom.
— Ah bon ? je suis le chef de la police de Stockholm, commissaire principal Klaes Gustavsson, qui es-tu et que fais-tu avec Björn ?

— C'est-à-dire, bredouille Tom qui se demande comment s'en sortir, euh, Björn m'a demandé de venir l'aider ici, en Suède.
— A quel titre ?
— Mon nom est Tom Randal, je suis détective privé, il souhaite que je l'aide à retrouver au plus vite son épouse, absente depuis deux jours.

Klaes est proche de la soixantaine, physiquement il est large d'épaules, massif, trapu, il en impose, sa voix forte appuie ses gestes.
Il poursuit en anglais tandis que le flot de passagers s'écoule lentement à leur côté, chacun avide d'entendre une bribe de la conversation :
— Björn, tu es en garde à vue, suis-moi.
— Pourquoi la garde à vue ?
— Ta femme a disparu, elle a quitté les locaux de LNS avec Mats Hellman samedi, aucun indice depuis sinon ta sortie du territoire de ce jour.
— Je ne comprends pas ta décision, s'inquiète Björn.
— Procédure normale, ton déplacement ce jour mérite explication, ton emploi du temps est à vérifier, c'est tout, j'enregistrerai ta déposition, tu pourras sans doute rentrer chez toi ensuite.
— Je peux passer d'abord à mon appartement ?
— Non, je t'emmène directement au siège de la police à Stockholm.
— Je peux l'accompagner ? intervient Tom.
— Pas question, tonne Klaes, qui se tourne vers les deux policiers en tenue : allez, emmenez-le, désignant Björn.

La quatrième personne, en civil, murmure quelques mots à l'oreille de Klaes, puis s'approche de Tom :
— Bonjour, je suis l'inspectrice Elena Wijkander, je suis aussi une amie de Björn.
— Oui, il m'a parlé de toi.
— Il m'a prévenue de ton arrivée, je peux t'emmener chez lui, nous avions une réunion prévue en fin d'après-midi.
— Ah volontiers, soupire Tom soulagé, je pourrai voir Björn plus tard ?
— C'est Klaes qui décidera, bon, je t'emmène, conclut Elena.

Le chef de la police part de son côté avec Björn escorté par les deux policiers.

Elena, de taille moyenne, visage avenant et halé par la vie au grand air, doit approcher la quarantaine, c'est une sportive, d'un abord plutôt sympathique. Elle porte un imperméable brun car il pleut ce jour et un chapeau à larges bords, qui lui donne un air masculin.

Dans le parking, elle met un temps fou à retrouver sa voiture, qu'elle découvre un étage plus haut que supposé, une Volvo C40 bleue, Tom s'installe à côté d'elle :
— Björn m'a engagé pour retrouver sa femme, mais là avec lui en garde à vue, que devient ma mission, Elena ?
— Je pense que ta mission doit se poursuivre, il va sortir sans doute dès ce soir de garde à vue, dans son esprit, tu dois l'aider à se défaire d'une éventuelle inculpation ...
— Parce qu'il est question qu'il soit inculpé?
— Pas du tout, pour l'instant notre enquête ne fait que commencer, on n'en sait strictement rien, il est la première personne avec qui Klaes veut clarifier la situation.

— Mais toi, Elena, tu fais partie de l'enquête, ou bien tu peux éventuellement m'aider ?

— Klaes ne veut pas de moi comme enquêteur principal, il me l'a déjà dit, je connais Björn depuis longtemps, je risque donc de ne pas étudier les situations objectivement, mais il ne voit aucun inconvénient à ce que je mène des recherches sous la direction de l'inspecteur qu'il va nommer.

— Que tu connais déjà ?

— Non, pas pour l'instant. J'ai averti Klaes que Björn arriverait accompagné d'un détective. Mon chef m'a laissé vraiment exceptionnellement la possibilité de t'emmener avec moi dans mes recherches, car la personnalité de Gunilla rend l'enquête très sensible sur le plan politique.

— Ah mais c'est très bien, je dirais même c'est idéal, car tu auras peut-être des informations du siège de la police plus rapidement.

— Oui, enfin sache que si à un moment Klaes me fait part d'informations confidentielles, à ne pas divulguer, je n'aurai pas le choix, je ne pourrai pas t'en parler.

— Bien sûr, je comprends.

CHAPITRE 4

L'autoroute E4 est large, bien entretenue, mais jalonnée de panneaux de limitation de vitesse qui incitent à une conduite raisonnable.

Elle traverse d'abord des paysages paisibles de lacs et de prés, avant de commencer à serpenter au milieu de grosses zones commerciales, à l'approche de la capitale.

Une pluie légère leur souhaite la bienvenue :

— Je vais t'emmener à l'appartement de Björn, Lars Edholm doit nous y rejoindre, c'est un des meilleurs amis de Björn. En principe nous devons trouver en arrivant Lotta Karlsson, si toutefois elle n'est pas retournée chez elle car il y a de l'eau dans le gaz entre elle et Björn.

— Je dormirai à l'hôtel ce soir ?

— Je crois que Björn avait prévu que notre réunion puisse durer tard, il se proposait de te faire dormir la première nuit dans sa chambre d'ami, à partir de demain il t'a réservé une chambre, m'avait-il dit, à l'hôtel Diplomat, qui est très bien placé, sur les quais de Strandvägen.

Après un énorme échangeur autoroutier, à donner le tournis, Elena s'engage dans la ville, traversant des quartiers plutôt résidentiels aux maisons austères. Le côté luthérien, se demande Tom qui repense à l'un ou l'autre des films de Bergman. Ils arrivent enfin dans Skeppargatan.

Hall d'entrée sombre, large escalier en chêne, l'appartement de Björn est au premier étage, « j'ai les clés, mais je sonne au cas où Lotta serait encore là » précise Elena, elle a bien fait, Lotta vient leur ouvrir. C'est au premier abord son air inquiet qui frappe et lui donne presque un aspect revêche, mais pourtant elle est mignonne, pas grande, mince, cheveux flous, jupe courte et gros pull en laine à col roulé. Elle fait la bise à Elena, presque soulagée de constater l'absence de Björn, elle laisse un sourire lui revenir en mémoire. Puis elle se tourne vers Tom, lui souhaite la bienvenue :

— Tu es Tom, c'est cela ?
— Oui, et toi Lotta, bonjour, *förlott*, désolé, je ne parle pas suédois, et il lui fait aussi la bise.
— Mais si ! tu parles bien suédois !
— Non, j'ai appris quelques mots dans une brochure qui se trouvait dans l'avion, j'ai pensé que *förlott*, « excuse-moi », allait me servir souvent...
— Tu sais, Lotta, qu'on a une réunion avec Lars ici, intervient Elena.
— Il est déjà là, il est impatient d'avoir des nouvelles, Kerstin est venue avec lui.
— Bon, alors entrons et installons-nous.

Ils pénètrent tous deux dans le salon, des fauteuils austères en pin aux lignes abruptes les accueillent, car le sofa avachi est déjà squatté. Deux hommes s'y vautrent, le plus âgé se lève d'un bond avec un grand sourire et vient saluer Tom d'un « Hello, je suis Lars », à quoi Tom répond d'une chaleureuse poignée de main. Lars doit avoir la quarantaine, plutôt grand, cheveux châtains, visage un peu taillé à la serpe.

Le second est plus jeune, environ 22 ans, Suédois typique, blond, sportif, il se présente aussi « je suis Per, journaliste stagiaire à LNS, je travaille avec Göran et Lotta », « enchanté » réplique Tom.

A leur côté se prélasse Kerstin, jolie femme d'environ 35 ans, vêtue avec élégance, elle jette sur Tom un regard interrogatif avant de lui adresser un sourire engageant.

Leur accueil est très sympathique, « quelle équipe ! » se dit-il, Elena et lui prennent place sur les fauteuils en pin :

— Lotta, tu peux rester avec nous, si tu veux, propose-t-elle.

— Ok, je vais déjà vous apporter à boire.

— Bon, Lars, comme on s'en doutait, Klaes Gustavsson a embarqué Björn pour une garde à vue, je te tiendrai au courant de la date de fin pour que tu puisses aller le chercher à Kungsholmen, au siège de la police. Alors par où commençons-nous, Tom ?

— Björn m'a fait un topo de la situation pendant le vol, je voudrais d'abord savoir si toutes les recherches ont bien été faites pour retrouver le bateau, découvrir des indices dans leurs maisons et fouiller leur emploi du temps du jour de leur disparition.

— A priori oui, intervient Elena, les maisons ont été fouillées. En revanche tenter de repérer le bateau, c'est comme chercher une aiguille dans une botte de foin, l'archipel est énorme.

— L'important pour moi c'est de savoir qui peut m'aider ?

— Moi bien sûr, sourit Elena.
— Je crains que non, bredouille Lotta, j'ai un rapport urgent à finir pour Gunilla.
— Je peux t'aider quand tu veux, relance Lars, mais préviens-moi juste, disons, 24 heures avant, le temps pour moi de m'organiser.
— Je suis disponible sans problème pour des enquêtes d'une journée, surenchérit Per d'un air engageant, je suis stagiaire, pas de travail urgent à faire, je peux me libérer.
— Si je peux t'être utile, Tom, c'est avec plaisir, conclut Kerstin d'un regard plongeant.
— Mais c'est fort bien, dit Tom en se levant, je vous remercie tous, je ne vous retiens pas plus ce soir, je vais juste refaire un point de la situation avec Elena.

Lars, Per et Kerstin s'extirpent de leur sofa, se dirigent vers la porte, où ils saluent Tom, Kerstin ajoutant une bise en laissant trainer sa main droite sur son bras.

Une fois la porte fermée, Tom se retourne et découvre Lotta qui attendait derrière lui, elle le dévisage maintenant avec attention.

Il lui rend son regard puis rejoint Elena dans le salon :
— Je voulais te parler seul à seule.
— Dans ce cas, je vous laisse tous les deux, intervient Lotta, je m'éclipse.
— Merci, lance-t-il à Lotta qui s'éloigne.
— Alors ? balance Elena.
— Je suis perdu, par où commencer ?
— …

— Dans l'avion, j'ai pensé que c'était vraiment étrange que les deux héritières de LNS disparaissent en si peu de temps, cela ne t'a pas frappée ?

— Annelie est morte d'un accident de cheval, c'est clair, Gunilla c'est encore trop tôt pour …

— Cet accident, interrompt Tom, s'est passé où ?

— A Fågelbro, un domaine de loisir avec hôtel, golf, piscine et centre équestre, c'est près de Gustavsberg, sur le chemin pour aller dans l'Archipel.

— Il y a eu enquête ?

— Bien sûr, dans la journée même ! le cheval s'est emballé, elle n'a pu le maîtriser, elle était à environ un kilomètre du centre équestre, le cheval a rué, elle a fait une lourde chute, sur la tête, tuée nette, sur le coup, achève sobrement Elena.

— Et l'enquête ?

— Un policier de notre équipe de Stockholm était ce jour-là à Gustavsberg, il est intervenu tout de suite, a fait les premières constatations, à vrai dire c'était simple et limpide, enquête bouclée dans la journée !

— Et depuis ?

— Quoi, depuis ?

— Je ne sais pas, rien de plus ?

— Non, je ne vois pas ce que…

— Puis-je te demander un service, Elena ?

— Oui, je te l'ai déjà dit.

— Alors emmène-moi demain matin à Gustavsberg au commissariat de la ville consulter le dossier de l'enquête.

Elena ne cache pas sa surprise, avec une moue signifiant « que de temps nous allons perdre », mais elle acquiesce :

— Bon, si tu veux, c'est d'accord, à quelle heure veux-tu que je te prenne demain matin?

— Disons 8 heures, sourit Tom qui la raccompagne à la porte et la salue d'une franche poignée de main professionnelle.

Puis il referme la porte, s'arrête un instant, se demande si en se retournant il sera face à Lotta à nouveau.

Il se retourne, elle est là qui le dévisage avec un sourire.

CHAPITRE 5

Un sourire, rien de tel pour dégeler l'ambiance. Tom demande à Lotta où il peut s'installer pour la nuit, elle l'emmène jusqu'à la chambre d'amis, fort spartiate, un lit d'un mètre maximum de large, une petite fenêtre donnant sur la « *gata* », la rue, une penderie sur roulettes, bref c'est pour dépanner les amis, Lotta est adossée à la porte, elle le regarde saisir son bagage et l'ouvrir sans rien en sortir.

Tom s'assied sur le lit, teste le matelas qui s'enfonce, il soupire, « où suis-je ? » puis il sent qu'il a faim malgré la collation dans l'avion, il se tourne vers Lotta :
— Je peux t'emmener manger un morceau dehors, enfin je veux dire aller au restaurant ?
— Volontiers, fait Lotta après une hésitation qui traduit son étonnement, il y a une petite brasserie à deux blocs d'ici.
— Il n'est pas trop tôt ?
— Non, pas du tout, on dîne tôt en Suède.

— Bon alors on y va, décide Tom qui se soulève avec effort.

Dans l'entrée, Lotta enfile un manteau en polaire un peu informe et se coiffe d'un bonnet multicolore, tandis que Tom noue juste une écharpe autour de son cou, elle saisit les clés de l'appartement, s'approche de Tom avec ses yeux tristes, lui murmure « c'est gentil de m'emmener diner dehors », elle effleure ses lèvres d'un baiser furtif.

Les rues pleines de nuit sont désertes, leur marche ne dure pas longtemps, Lotta s'est accrochée au bras de Tom, ils avancent en silence comme de vieux amis ou de jeunes amants qui se découvriraient.

La brasserie est chichement éclairée, la plupart des tables sont délaissées, Tom choisit une place près de la fenêtre, ils s'asseyent face à face, le silence les prend dans ses bras, ils se sourient, on dirait deux vaisseaux échoués sur la grève côte à côte, se balançant doucement au gré des vagues, attendant paisiblement que la marée haute vienne les mettre à flot.

Moment magique qu'aucun ne veut interrompre, Tom est pris dans le regard de Lotta, ses yeux gris et humides, il s'attarde sur la lèvre inférieure gourmande de Lotta.

C'est le serveur qui se charge de rompre l'instant. Il dépose les cartes, s'enquiert des boissons, Lotta interroge Tom du regard, sur un geste de celui-ci signifiant « à toi de décider », elle commande deux bières et deux *köttbullar* « oh là qu'est-ce que c'est? » s'inquiète Tom, Lotta le rassure, c'est des *meatballs,* des boulettes de viande.

Puis lorsqu'elle lui demande « que fais-tu vraiment ici ? et connais-tu Björn depuis longtemps ? », Tom soupire, il voit bien que c'est ce qui inquiète Lotta. Il doit la rassurer :

— Il est arrivé ce matin à Paris dans mon bureau et m'a engagé comme détective pour retrouver sa femme.

— Mais pourquoi toi ?

— Il m'a dit avoir entendu parler de moi à propos d'une enquête précédente où j'ai connu Ingmar Lundqvist.

— Tu connaissais Ingmar ?

— Oui, mais je n'ai jamais sympathisé avec lui.

— Lui et Björn sont, je crois, le même genre de types, les mêmes caractères.

— C'est-à-dire ?

— Extérieurement sympathiques, mais sans trop de scrupules, très égocentriques, cherchant à parvenir à leurs fins par tous les moyens. Mais bon, Ingmar avait plus de réussite, plus de succès !

— Plus de succès avec les femmes ? sourit Tom.

— Björn est difficile à vivre, Gunilla a eu du mérite de rester tant d'années avec lui.

— Et toi ? Björn m'a laissé entendre que tu ne serais plus à l'appartement quand j'arriverai.

— Demain matin je quitte cet appartement, je quitte Björn, je sais que j'aurai à le côtoyer régulièrement car il passe chez LNS souvent, j'ai failli partir déjà aujourd'hui, oui, mais j'ai eu envie de rester jusqu'à demain matin, je voulais connaître ton rôle dans toute cette histoire.

— Tu crois que Björn est mêlé directement à la disparition de Gunilla ?

Au moment où il pose cette question, Tom s'aperçoit qu'il reprend le discours de Twiggy sur l'implication éventuelle de

Björn, il ne sera pas possible de travailler sur ce dossier si l'instigateur de la disparition est celui qui engage le détective pour éclaircir l'affaire, Tom se sent pris dans un tourbillon.

De plus il se sent cerné par les amis de Björn, même s'ils semblent tous prêts à l'aider :
— Je n'en sais rien, poursuit Lotta, Björn et Gunilla sont séparés depuis un bon moment, ils n'ont pas d'engagements financiers en commun, ils mènent leur vie comme ils l'entendent, non je ne vois aucune raison.
— Mais c'est très curieux, si la disparition de Gunilla devait être confirmée, après celle d'Annelie dans un accident de cheval, quel serait l'avenir de tout le groupe Lundberg ?
— On n'en est pas là !
— Oui, mais les gendres sont les…comment dire, les bénéficiaires de cette éventuelle situation, argumente Tom.
— Je ne crois pas, réfute Lotta, s'ils n'ont plus leurs filles pour pouvoir leur succéder, les parents Lundberg peuvent fort bien choisir de vendre leur groupe, en un bloc ou à la découpe, faire ensuite de leur cash ce qu'ils veulent, les gendres n'auront tout simplement rien à dire, c'est farfelu d'imaginer autre chose. Tu as pensé à cela aussi depuis ce matin, Tom ? tu es un vrai détective qui ne néglige aucune piste, conclut Lotta avec un sourire en coin.
— Toi, Lotta, comment as-tu connu Björn ?
— Oh c'est tout bête, je le côtoie régulièrement, quand il passe pour son travail, voir Gunilla et Göran à Marieberg…
— Où cela ?
— Marieberg c'est un quartier d'affaires à Stockholm. Lundberg LNS y loue quatre étages dans un immeuble moderne, un étage pour les deux chaines de télévision, un autre pour les journalistes des parties nationale et internationale des journaux,

un troisième pour les parties régionales des journaux et le quatrième étage pour la Direction et l'Administratif, c'est là que je travaille. Björn passe dans les bureaux se servir, si tu vois ce que je veux dire, travail et drague...

— Comment est...Gunilla ?

— Une belle femme, grande, puissante, des yeux noirs brûlants, elle a des idées qu'elle veut imposer, elle doit dominer...

— Et sur le dos ? questionne sans filtre Tom.

— Beaucoup d'amants, bien sûr. Björn ne pouvait pas lutter.

— Et ce Mats Hellman ? comment est-il avec Gunilla, côté travail et côté privé ?

— Mats est journaliste, comme Björn, plus malin sans doute, ou plutôt plus déterminé, oui...un fonceur, un sanguin aussi. Il est athlétique, ancien joueur de handball dans l'équipe nationale, joueur de hockey aussi, il s'est mis récemment aux ordres de Gunilla sans rechigner, il est efficace, il l'aide beaucoup. Sur le plan privé ils semblent bien s'entendre, mais chez LNS ils ne montrent rien de leur attirance.

— Tu sais où ils sont allés le jour de leur disparition ?

— Non, ils ont dit qu'ils partaient ensemble dans l'Archipel. Je crois qu'ils ont parlé de Korsö, l'île où Mats a une petite maison.

— Ils partaient en week-end ?

— Je n'en sais rien, mais j'ai eu comme l'impression qu'ils voulaient faire une enquête.

— Ce beau-frère, ce Göran, quel genre ?

— Je dirais sans relief, il est très intériorisé et ne me plait pas trop. Il parait aussi qu'à une époque il a dû être assez proche de Gunilla, mais sans conséquence apparemment.

— C'est un peu le style en Suède, non ? cela me rappelle un souvenir d'une soirée à l'Institut suédois à Paris, un de mes anciens amis de lycée, Ernest, qui est ingénieur agronome, m'avait invité à un repas auquel participaient des collègues à lui, l'un d'eux, un Italien, avait raconté une soirée chez des amis suédois, au moins cinq couples étaient là. Lui posait des questions à chacun, l'alcool avait libéré en fin de repas la parole des convives, une fois que chacun avait expliqué d'où et comment il connaissait chacun des autres convives, mon Italien s'était exclamé « si je comprends bien, ici, chacun de ces messieurs a couché, au moins une fois, avec chacune de ces dames», ce qui a fait rire la tablée.

— C'est exagéré mais cela peut arriver..., souligne Lotta sans enthousiasme pour ces débordements.

— Les parents de Gunilla, que peux-tu en dire ?

— Ils doivent être effondrés d'avoir peut-être perdu leur dernière fille dont ils sont très fiers, à mon avis ils vont prendre leur retraite, si Gunilla n'est pas retrouvée.

— Je comprends, compatit Tom.

— Mais toi, tu ne me parles pas de toi!

— Que veux-tu savoir ?

— Tout, sourit Lotta, es-tu marié, où habites-tu ? que font tes parents ? et ton métier, décris-moi ce que tu fais.

— Diable, si je dois tout te dire, on en a jusqu'à demain matin, alors je résume : d'abord mes parents sont morts quand j'avais huit ans, dans un accident de voiture, ils roulaient dans une petite Fiat 500 qui a été écrasée entre un camion qui venait en face et un semi-remorque qui les suivait, on n'a même pas pu les extraire de leur voiture ratatinée, ils ont fini dans un casse auto. Ce sont mes grands-parents qui m'ont élevé.

— C'est vrai, ce que tu me racontes là ?

— Malheureusement oui, ensuite après mes études j'ai accepté des petits boulots jusqu'à ce que je sois engagé dans une

banque scandinave, tiens ! tu vois, déjà le destin, je suis fait pour vivre en Suède, éclate de rire Tom.
— Avec moi ? questionne Lotta d'un air espiègle.
— Ensuite, poursuit-il en éludant la question, un client de cette banque m'a donné la possibilité de m'installer comme détective privé, je résume, n'est-ce pas ? ma première vraie mission, je n'ose pas te raconter la toute première...
— Si, si, insiste Lotta.
— Non, tu aurais une trop mauvaise opinion de moi.
— Mais ne t'inquiète pas, Tom, j'ai déjà une terriblement mauvaise opinion de toi, éclate-t-elle de rire.
— Tu es si belle quand tu ris, lui dit-il soudain très songeur.
— Je t'ai interrompu dans ta première mission, coupe Lotta émue.
— Oui, cette mission m'a conduit en Nouvelle-Zélande, elle s'est terminée à Paris, j'ai eu du mal à récupérer, c'était un peu violent...et voilà.
— Tu vis avec une amie ?
— Non, pas pour l'instant...hasarde Tom en fixant Lotta du regard.
— Tu habites où ?
— A Paris, dans le quartier de l'Odéon, où j'ai mon bureau et une secrétaire m'aide.
— Tu as couché avec elle ?
— ...oui, mais elle est mariée.
— Ah ces Français, blague Lotta tandis que lui éclate de rire.

Tom se redresse, scrute la salle pour s'apercevoir qu'ils sont les derniers clients, il lève la main pour attirer l'attention du serveur qui n'attendait que cela.

L'addition réglée, ils enfilent manteau et écharpe pour sortir dans le froid.

Cette vie de détective est bien curieuse, pense Tom, ce matin il arrivait à son bureau du quartier de l'Odéon, ce soir il est là, avec cette Suédoise, à discuter de la vie des autres.

Lotta marche en tenant à nouveau le bras de Tom, elle se blottit un peu contre lui :
— Tu as l'air triste, Lotta.
— C'est vrai, d'habitude je suis une fille joyeuse.
— Là on dirait que tu déprimes ?
— Un peu, oui, la disparition de Gunilla pour qui je travaillais, la dureté de Björn, j'ai besoin de tendresse dans la vie, tout ne peut pas être noir, tu ne crois pas ?

D'un pas lent ils regagnent l'appartement, à travers les rues presque désertes.

Tom ne veut pas s'imposer, il explique à Lotta qu'il doit se lever tôt demain, Elena venant le chercher à 8 heures :
— Il y a de quoi prendre un petit déjeuner ici ?
— Bien sûr, je te préparerai cela, café ou thé ?
— Café, volontiers, merci de m'avoir tenu compagnie, je n'ai pas passé la soirée seul, c'est toujours un peu triste.
— Bonne nuit, lui souhaite Lotta en soupirant, à demain.
Elle s'en va vers la chambre à coucher principale. Tom regagne la chambre d'amis, il se dévêt, s'allonge, la chambre baigne dans les faibles lueurs jaunes provenant de la Skeppargatan.

Tom peine à trouver le sommeil, il reste à l'écoute des quelques voitures qui s'aventurent dans la rue ou bien des passants qu'une soirée arrosée a rendus gais.

C'est le grincement de la porte de sa chambre qui retient son attention. La lumière du couloir découpe à contre-jour la silhouette nue de Lotta, toute mince, elle s'avance doucement vers le lit, sans bruit soulève la couette, se glisse contre Tom en murmurant des mots en suédois, « dommage qu'il n'y ait pas de sous-titres » se dit Tom.

Sans dire un mot, ils se caressent doucement, s'embrassent, les corps s'apprivoisent, les souffles se mêlent, puis Lotta se glisse sur le corps de Tom, dont elle sent le désir, et s'empale très lentement sur lui.

CHAPITRE 6

C'est l'odeur du café moulu frais qui réveille Tom, tôt vers 6 heures 30 en ce mardi. Seul dans son lit, il sourit en passant sa main sur le drap là où le corps de Lotta a imprimé un creux, il se dépêche d'enfiler un jean et un polo à manches longues pour la rejoindre au petit déjeuner.

Le soleil a forcé le passage dans la cuisine, Lotta est radieuse, elle ne porte qu'une tunique en coton, largement échancrée au niveau de la poitrine, si courte qu'en se baissant légèrement elle dévoile de très jolies fesses.

Tom goûte le *Dansk bröd*, pain noir délicieux, il en fait une tartine qu'il surcharge de confiture de mûres, si bien qu'il en coule partout sur la table, cela lui dessine aussi une moustache de confiture que Lotta vient lécher, alors Tom la soulève dans ses bras, elle se retrouve assise sur le bord de la table au milieu des confitures et du café, la tunique retroussée, elle choisit d'emprisonner la taille de Tom avec ses jambes, elle lui sourit tandis que Tom la pénètre doucement.

Petit déjeuner suédois ?

Sur le pas de la porte d'entrée, Tom, armé de son fidèle sac cabine, s'apprête à sortir, Lotta est sur le palier, toujours vêtue de sa courte tunique quasi-transparente. Un voisin qui descend l'escalier rate une marche, distrait par cette tenue, se rattrape in extremis, lâche un juron puis disparaît dans les profondeurs de la cage d'escalier :
— Je vais déposer ce sac à l'hôtel Diplomat, où Björn m'a réservé une chambre, mais je ne m'y installerai que ce soir.
— Moi, je quitte cet appartement et aussi Björn, je retourne chez moi.
— Tu me donneras ton adresse ?
— Je ne crois pas.
— Pourquoi, Lotta ? s'étonne-t-il vivement.
— Cela ne rime à rien, tu vas partir d'ici une semaine, j'aurai trop mal.

Tom prend sa main, cherche à la réconforter :
— Tu regrettes ce qui s'est passé entre nous cette nuit ? dit-il.
— Non, c'est moi qui suis venue dans ta chambre. C'était un moment de tendresse comme je n'en ai pas connu récemment. Cela va juste rester un bon souvenir, la vie terne reprendra dans une semaine quand tu seras parti.
— Lotta, soupire-t-il, je comprends, mais j'aimerais beaucoup te revoir, au moins diner avec toi un soir, puis tu rentreras chez toi ensuite ? j'ai besoin de parler à nouveau avec toi, d'être en ta compagnie.

— Je ne sais pas, on verra bien, peut-être un de ces prochains jours, qui sait ? concède Lotta avec un sourire désolé.

A 8 heures précises, Tom descend retrouver Elena qui l'attend, ponctuelle, dans sa voiture. Elle est habillée d'un pantalon de toile épaisse, de chaussures de marche, d'un blouson et d'une casquette de style base-ball, mais aucun signe apparent de sa fonction de policière.

Des nuages lourds viennent effrayer un timide soleil, une petite pluie fine mouille maintenant la chaussée, un vent d'hiver s'amuse avec les nuages épais.

L'hôtel Diplomat n'étant qu'à quelques centaines de mètres de chez Björn, Elena se rend d'abord sur Strandvägen face à l'hôtel, ce qui permet à Tom d'y déposer son sac et d'annoncer à l'employé de la réception qu'il prendra sa chambre en fin d'après-midi.

Ils redémarrent, tout de suite happés par le trafic du matin :
— Le temps de sortir du centre-ville et on sera plus tranquille, annonce Elena.
— Alors quelles sont les nouvelles ?
— J'ai fait le point avec Klaes, il a pris la déposition de Björn, il le relâche ce matin, c'est Lars qui le ramènera en ville, Björn veut aller au siège de LNS, on pourrait le rejoindre là-bas en revenant de notre expédition…
— Bonne idée, cela me permettra aussi de visiter ces locaux du groupe. Dis-moi, je croyais que Klaes devait le libérer dès hier en fin de journée, sais-tu pourquoi il l'a retenu jusqu'à ce matin ?

— Non, Klaes m'a informé que la discussion a été plus longue que prévu, c'est tout.

— C'était juste par curiosité que je posais cette question, remercie Tom qui n'en pense pas moins.

— Klaes a nommé un inspecteur en charge de l'enquête, il s'agit d'un collègue, Henrik Nilsson, 46 ans, il a déjà commencé son enquête, en interrogeant les parents de Gunilla, ainsi que Göran et deux autres personnes des bureaux chez LNS. J'ai lu ses rapports, on en parlera plus tard en détail, mais en gros aucune révélation particulière. Je crois qu'il faut surtout essayer de reconstituer la journée de samedi dernier de Gunilla et Mats. Henrik Nilsson doit aussi fouiller dans le passé pour découvrir quels sont les gens dont elle a pu se faire des ennemis.

Une fois sortie de la ville, la Volvo fonce sur l'autoroute, passe à côté de Nacka, ville de la banlieue de Stockholm. Ils pénètrent dans le comté de Värmdö, qui est une île, comme son nom l'indique (Tom a appris, dans la brochure de l'avion, que ö signifie île), mais reliée à d'autres îles par des ponts, seuls endroits d'où on s'aperçoit qu'on était sur une île et qu'on en change.

Les ponts sont longs et surplombent les bras de mer avec majesté, d'assez haut pour permettre la navigation. Le paysage a changé, sapins accrochés aux rochers, collines de granit, tapis de fougères et bruyères. Sur l'eau, malgré le temps maussade qui n'effraie guère ces descendants de Vikings ou de Varègues, toutes sortes de bateaux se croisent, des voiliers grands ou petits, des bateaux hors-bord, une nation de marins ?

Quand ils quittent l'autoroute pour rejoindre Gustavsberg, Elena précise que s'ils avaient continué, ils n'étaient plus qu'à quelques dizaines de minutes de Winterhamn, le port le plus pratique d'où l'on peut embarquer pour l'Archipel, et notamment pour Sandhamn, l'île la plus touristique.

Gustavsberg, connue pour sa porcelaine, est une bourgade d'environ dix mille habitants lovée autour d'une petite baie. Beaucoup de maisons sont toujours dans leur jus, briques rouges et style austère, une église en pierre cherche à percer les nuages avec son clocher pointu.

Elena file directement à la station de « *polis* » devant laquelle elle se gare. A l'intérieur le policier de service, visiblement prévenu par elle, les accueille avec le sourire et tend un dossier assez mince en leur indiquant de la main une petite pièce où ils pourront le consulter.

Ils s'installent de part et d'autre d'une table métallique, elle déballe son dossier, Tom fait la moue en jaugeant du regard la maigre épaisseur des documents. Il va devoir attendre la traduction de ces pièces par Elena, :
— Bon, se lance-t-elle, commençons par le rapport du policier qui a enquêté sur place, comme je te l'ai dit, il est de Stockholm, un certain Peter Sandberg.
— Mais ce rapport ne fait que deux pages et à part cela tu n'as que deux autres feuilles !
— Oui, reconnaît Elena, mais tout y est, c'est un accident, alors le rapport de Peter précise le lieu-Fågelbro, le jour et l'heure, puis relate qu'Annelie a enfourché le cheval qui lui avait été préparé, elle s'est d'abord éloignée au pas, puis l'a lancé au galop vers la forêt voisine, où elle a dû tomber. Les employés du centre hippique qui ont vu le cheval revenir au pas se sont précipités à la recherche d'Annelie et l'ont trouvée morte. Peter Sandberg, appelé sur place depuis Gustavsberg, a constaté le

décès dû à une plaie béante à l'arrière du crâne causée par un rocher, voilà.
— Voilà ?
— Que veux-tu de plus?

Tom, interloqué, ne répond pas. Elena referme ce dossier, saisit une des feuilles volantes ajoutées au dossier, elle lit en silence ce document, puis s'interrompt embarrassée :
— De quoi s'agit-il ? s'impatiente-t-il.
— C'est bizarre, c'est une déposition qui a été faite un mois après le rapport de Peter, jointe au dossier déjà clos, mais qui n'a pas suscité d'autre démarche.
— Et donc ?
— C'est une déposition spontanée d'un palefrenier venu à Gustavsberg expliquer qu'il avait recueilli le cheval à son retour, la nervosité du cheval l'avait intrigué. Il l'a calmé, a enlevé son harnais et sa selle, il s'est alors aperçu que le dos du cheval était blessé. Il a examiné la selle à l'envers, où il a trouvé des sortes de petites pointes métalliques qui avaient été enfoncées là. Pour lui il s'agissait d'un acte malveillant.
— Et quelle suite a été donnée à cette information ?
— Euh…aucune, bredouille-t-elle en cachant mal son embarras, le dossier était déjà clos par la police de Stockholm.
— Sacré Peter ! balance Tom sous le regard courroucé de Elena.
— Alors voyons la seconde feuille, soupire-t-elle, craignant de découvrir encore pire : elle est aussi datée d'un mois après le…l'accident. C'est le directeur du centre hippique qui avait accueilli Annelie et Göran, accompagnés de Björn, Mats, Lars et Kerstin. Annelie une fois partie, Kerstin est restée au bar, les quatre hommes ont enfourché des motos trial pour une balade en forêt. Quand l'alerte a été donnée, ce directeur s'est rendu sur

place, a trouvé les quatre hommes entourant le corps d'Annelie, ce qui l'a étonné c'est l'endroit herbeux sans aucun rocher, seul un gros caillou pointu pouvant tenir dans la main, avec du sang dessus, se trouvait à environ deux mètres du corps...

Elle repose la feuille, tête baissée, perplexe. Puis elle décide d'affronter le regard de Tom qui ne dit mot, « il faut peut-être aller voir ce directeur » reconnaît Elena.

Après avoir restitué sans commentaire le dossier au policier de faction, les deux enquêteurs sortent discrètement sans un mot du poste de police :
— Qui est ce Peter Sandberg ? attaque Tom.
— Je le connais de vue, sans plus, il s'occupe de petites enquêtes plutôt administratives, il n'est pas dans notre équipe.
— La famille d'Annelie n'a pas poussé davantage l'enquête ?
— Non, je ne pense pas, à vrai dire l'accident a été une évidence dès le début, y compris pour Göran.
— Si je puis me permettre, sait-on qui est arrivé « en premier » sur les lieux ? glisse Tom sachant bien que sa question vaut mise en accusation.
— Non, je t'ai lu le rapport, il est juste mentionné que les quatre amis étaient déjà rassemblés autour du corps quand le directeur est arrivé.

Ils montent dans la voiture de fonction « polis », elle démarre en direction du centre équestre de Fågelbro, distant d'une dizaine de minutes.
Ce domaine est niché dans la verdure, des chevaux paissent dans un pré, tout est calme. A peine Elena est-elle sortie de la voiture que son téléphone sonne, une discussion animée en

suédois s'engage, dont Tom ne parvient pas à comprendre un traître mot. Il sent bien qu'Elena est choquée par ce qu'elle entend, d'ailleurs dès qu'elle a raccroché elle s'installe de nouveau dans la voiture et enjoint d'un signe à Tom d'en faire autant.

Elle démarre en trombe :

— Nous n'allons plus voir le directeur du centre ?

— Non, lance Elena, il y a du nouveau, Henrik Nilsson vient de me dire qu'on a découvert un corps sur la plage de Trouville…

— Trouville … près de Deauville ??

— Mais non, Trouville est une plage sur l'île de Sandhamn, il pourrait s'agir de Mats, je dois rejoindre Henrik à la morgue de l'hôpital de Nacka.

— Nacka ?

— Oui, Tom, tu dormais ? on est passé au large de Nacka en venant, c'est la banlieue de Stockholm.

— C'est Mats ?

— Le médecin-légiste est au travail et un policier de Nacka trie toutes les affaires trouvées sur ce corps pour accélérer l'identification, on y sera dans un petit quart d'heure.

— Donc nous laissons tomber la piste Annelie pour l'instant ?

— Évidemment ! claironne-t-elle, soulagée.

Tom se cale dans son siège, Elena ne respecte plus les limitations de vitesse, il en profite pour se résumer la situation, il aurait bien aimé interroger le directeur et le palefrenier du centre.

L'hôpital principal de Nacka est un immeuble très moderne et fonctionnel, Elena montre sa carte de police, on lui indique le chemin pour la morgue, au rez-de-chaussée à une extrémité du bâtiment. Henrik Nilsson n'est pas encore là.

Le médecin-légiste, qui avait été prévenu de leur arrivée, les attend, son rapport en main. Il tend à Elena un sachet comprenant quelques effets personnels trouvés sur le corps :
— C'est le policier de Nacka qui a fouillé le corps, il y avait un portefeuille avec une carte d'identité au nom de Mats Hellman, son téléphone et des clés, pour ton collègue cela ne fait pas de doute, c'est bien Mats, la photo sur la carte d'identité correspond au visage de mon « client ».

L'odeur de la salle est tout ce que Tom ne supporte pas, il se demande s'il ne va pas attendre dehors, mais le médecin a déjà tiré le tiroir où se trouve le corps de Mats.

Il montre le trou dans le dos par où une balle est entrée et a fini par trancher une artère près du cœur, puis il sort un sachet de sa poche, le tend à Elena « j'ai récupéré la balle dans son corps, je me doutais bien que tu allais de toutes façons me la réclamer », ensuite il range le corps, un peu comme il doit ranger ses courses dans son réfrigérateur.

Elena et Tom s'attardent un peu dehors, histoire d'ôter cette odeur de morgue. Le temps est changeant, alternance de franc soleil et de passages nuageux, le vent chasse un peu cette odeur qui s'accroche aux habits de Tom.

Henrik Nilsson arrive en trombe sur le parking, il a la quarantaine, l'air sportif et dynamique, Elena fait les présentations avec Tom, poignée de mains vigoureuse, puis les deux policiers échangent quelques mots, Elena lui tend deux sachets, l'un avec la balle, l'autre avec les effets personnels de Mats.

Elle informe Henrik que Tom ne parle pas suédois, la suite se poursuit en anglais :

— Le corps de Mats a été découvert par un promeneur dans une crique à côté du lotissement de Trouville, à Sandhamn. Le corps était presque immergé, seule dépassait la tête hors de l'eau, déclare Henrik, la vraie recherche va pouvoir commencer.

— Rien sur Gunilla ? demande Elena.
— Non.
— Et le bateau ? lance Tom.
— Non plus.

Un instant de méditation, c'est le moment dans une enquête où on se demande bien comment procéder :

— Björn a été libéré ce matin, il est chez LNS, je vais aller là-bas, tu m'y rejoins, Elena.
— Bien, et je fais quoi de Tom ?
— Mais vous faisiez quoi par ici ?
— Tom voulait faire une enquête sur l'accident d'Annelie.
— D'Annelie ??
— Oui, mais bon… bredouille à nouveau Elena qui ne tient pas à étaler tout ce qu'elle a lu dans le dossier de la police à Gustavsberg.
— Tu peux emmener Tom avec toi chez LNS, après tout. Moi, je vais voir le médecin-légiste, on se retrouve chez LNS, à tout à l'heure.

Ils prennent la route de retour vers Stockholm. Ils arrivent en début d'après-midi dans le quartier de Marieberg, sur -

Gjörwellsgatan devant l'immeuble de LNS qui se trouve à côté d'un de ses concurrents, Dagens Nyheter.

Elena avise au coin de l'immeuble une boulangerie, elle y emmène Tom. Debout à un comptoir ils avalent un sandwich au thon et boivent un café insipide.

Elena, qui connait bien les locaux de LNS, va directement avec Tom à l'étage de la Direction, où ils font une entrée remarquée.

Tout de suite à droite, dans un espace détente, Tom aperçoit Lars, habillé très décontracté, pull et jean, debout près d'une fenêtre, qui leur fait un grand signe amical de la main. C'est le premier Suédois que Tom voit fumer.

A côté de lui, « tiens », se dit Tom, « c'est Kerstin Sellberg en personne ! ».Kerstin est chez LNS sur un de ses lieux de travail, toujours aussi superbe, la trentaine conquérante, une chevelure rousse qui lui drape les épaules, des yeux de braise qui ne quittent pas Tom, une bouche généreuse, un sourire carnassier, assise les jambes croisées, ce qui contraint sa jupe à dévoiler des cuisses fuselées.

Elena précise à Tom fasciné que Kerstin a dû accompagner Lars chercher Björn au quartier général de la police, puisqu'elle vient de « reprendre du service » avec celui-ci :
— C'est leur rabibochage, explique-t-elle, qui a dû provoquer l'éjection de cette pauvre Lotta, n'empêche, un sacré palmarès, cette Kerstin, mais aussi une bonne journaliste.

A gauche une grande salle de réunion où sont debout Björn et les parents de Gunilla. Ceux-ci se tournent vers Elena et lui font signe de les rejoindre, Tom hésite à la suivre, Björn lui fait signe de venir aussi.

Accolades de Björn avec Elena, poignée de mains amicale avec Tom, puis présentation de Tom aux parents de Gunilla, Gittan et Gustav Lundberg.

Gustav est le prototype parfait du Scandinave luthérien, il porte sur son visage les valeurs de son pays, sérieux, austérité. Il est mince, grand, porte des petites lunettes cerclées de métal, ses lèvres sont fines.

Gittan laisse voir à l'aube de ses 70 ans qu'elle a été une belle femme, chevelure blonde indomptée, visage ovale lumineux, mais son regard se voile du chagrin qu'elle vit en ce moment de la perte probable de Gunilla.

Elena leur fait en suédois le compte-rendu de la journée, enfin plutôt de l'après-midi, suivi attentivement par les Lundberg, puis tout le monde passe à l'anglais pour que Tom puisse participer.

L'inspecteur Henrik Nilsson arrive sur ces entrefaites dans les bureaux pour se joindre à la discussion. Il salue tout le monde.

Björn fait signe à Göran et Lotta de venir aussi assister à la discussion. Il en profite pour signifier à Lars et Kerstin qu'ils peuvent s'éclipser, n'ayant pas à assister à une réunion interne au groupe LNS, il leur fait un signe indiquant qu'il les retrouvera plus tard.

Henrik Nilsson commence par informer le groupe que Mats Hellman est mort, noyé ou plutôt tué d'une balle dans le dos avant de tomber à l'eau, il précise que ni Gunilla ni le bateau n'ont été trouvés à ce jour. Cette phrase est interprétée par tous de façon négative.

Gittan Lundberg prend avec émotion la parole pour annoncer la tenue d'un office dans deux jours à la Storkyrkan, la Grande Église, pour prier et garder espoir pour Gunilla, mais visiblement elle ne se fait plus guère d'illusion.

Après un silence de recueillement, Nilsson s'éclaircit la voix, puis demande à chacun quand ils ont vu Gunilla et Mats samedi dernier pour la dernière fois.

Lotta intervient tout de suite pour préciser qu'ils ont quitté les bureaux de LNS samedi vers midi en annonçant qu'ils allaient dans l'Archipel à Korsö, ce que Göran confirme. Björn précise qu'il n'était plus au bureau à ce moment-là, mais chez lui, et c'est par Lotta dimanche qu'il a appris cette information. Quant aux parents, ils n'étaient pas là non plus. Lotta ajoute que deux autres journalistes, des stagiaires qui travaillent d'ailleurs là près de l'entrée, Gunnar et Per, étaient aussi dans les locaux ce samedi matin, ils avaient quitté les lieux avant Gunilla et Mats.

Nilsson poursuit en demandant si quelqu'un a eu un appel d'eux dans l'après-midi, réponse générale négative, sauf Göran qui en profite juste pour indiquer qu'il avait égaré son téléphone ce samedi-là :

— Tu l'as retrouvé ? interroge Nilsson.

— Oui, hier lundi, sous un meuble à côté de mon bureau, c'est quand même un mystère, marmonne Göran, qui ne convainc personne.

Nilsson poursuit :

— Au fait, qui sont les ennemis « professionnels » connus de Gunilla, ceux vers lesquels je pourrais orienter mes recherches ?

— Il y en a beaucoup, intervient Göran, d'abord les milieux mouvants de l'immigration clandestine fustigés par Gunilla dans ses articles. Je pense surtout à un imam très actif qui se balade chaque semaine dans Stockholm avec des pancartes et un cortège d'affidés, je ne sens pas pour autant ces manifestants monter une telle opération d'attaque du bateau de Gunilla, en tout cas pour l'instant aucune revendication n'a été envoyée à la police, comme c'est en général le cas avec ce genre d'extrémistes, n'est-ce pas, Henrik ?

— Il faudrait peut-être aussi fouiller, intervient Lotta, dans les dernières campagnes d'investigation de Gunilla, vérifier si elle ne s'est pas trop glorifiée de l'intervention de nos forces spéciales en Afrique contre des terroristes islamistes.

— Il y a aussi les milieux politiques, coupe Björn, Gunilla a pas mal d'ennemis, dans le gouvernement aussi bien que dans l'opposition, elle attaque sans hésiter pour tancer ceux qui le méritent, d'après elle.

— Mais au point de pousser certains à passer à l'action dans de telles conditions ? questionne Henrik Nilsson.

— A priori on a envie de dire non, remarque Björn, mais nous savons tous qu'il y a déjà eu ce genre d'affaires dans notre pays, où des politiciens ont été mêlés, volontairement ou non, à des assassinats ciblés.

— Oui, mais ici, je ne crois pas, affirme Göran, je citerai aussi les Russes qui…

— Les Russes ? s'exclame Tom.

— Oui, Tom, je dois t'expliquer un point de politique ici en Suède, déclare Göran, la Russie inquiète, elle modernise son arsenal nucléaire, déploie des missiles...

— Oui mais quand même ! veut intervenir Tom.

— Non, attends, laisse-moi t'expliquer, lors de leurs manœuvres les avions russes violent régulièrement l'espace aérien suédois, leur flotte fait des incursions fréquentes dans nos eaux territoriales, la Suède se sent vulnérable, cela fut d'ailleurs là une grande campagne d'information de Gunilla, elle s'est battue pendant des années pour forcer les politiques à prendre des mesures fortes.

— Cela a donné des résultats ? intervient Tom sceptique.

— Le ministre de la Défense a fait voter une loi augmentant de 40% le budget des Armées, cela peut paraître dérisoire, nous sommes un petit pays, mais les effectifs passeront de 60.000 à 90.000 soldats, avec un nouveau sous-marin, un triplement des pièces d'artillerie, et aussi le reprofilage des avions de combat.

— Pour se défendre combien de temps ? s'accroche Tom toujours aussi sceptique.

— Tu as raison, poursuit Göran, avec les moyens actuels on ne pourrait défendre qu'une partie du pays, et ne le tenir qu'une semaine seulement, mais avec cet effort d'investissements, on pourrait tenir tout le territoire pendant trois mois, le temps de voir arriver des renforts de l'Otan.

— Ah vous êtes membre de l'Otan ? continue Tom.

— Non, mais on se rapproche, il y a des négociations.

— Je ne vois pas l'armée russe attaquer Gunilla, plaisante Tom.

— La Finlande et la Norvège, avec la Suède, signent des accords de coopération militaire, je suis sûr que l'action de Gunilla a eu un effet considérable sur la politique du gouvernement, de plus l'opinion publique approuve cette ligne ! s'emporte Göran.

— Bon, convient Henrik Nilsson, on est un peu loin de mon enquête, revenons à nos moutons, je propose …

— Excuse-moi, Henrik, juste une seconde, interrompt Björn, puisqu'on en est à lister les pistes à suivre, pourrais-tu vérifier dans les dossiers de la police de Stockholm si Mats avait un dossier « lourd » ? après tout, on se focalise sur Gunilla, mais la cible pourrait aussi bien être Mats. Gunilla pourrait réapparaître dans quelques jours ? ou bien suis-je trop optimiste ?

— Pourquoi pas, il ne faut négliger aucune piste, approuve Henrik, je vais transmettre à nos services. En attendant, qui pourrait ranger le bureau de Gunilla ?

— Je faisais son secrétariat, propose Lotta, je peux trier les dossiers, tout ce qui peut se rapporter à l'enquête, je le mets de côté et je te le transmets.

La séance est levée.

Tom en profite pour aller voir Per dont il a fait la connaissance hier chez Lotta. Per l'accueille avec un grand sourire :

— Dis-moi, serais-tu libre demain pour m'accompagner à Sandhamn ?

— Demain ? réfléchit Per un instant, oui bien sûr.

— Tu aurais aussi une voiture ?

— Oui, j'ai la voiture de ma mère. Si tu veux, pour naviguer jusqu'à Sandhamn depuis le port de Winterhamn, je peux même prendre le bateau de mon père, un Anytec superbe, qu'il a mis en vente et amarré là-bas chez un broker.

— Magnifique ! alors peux-tu venir me prendre à mon hôtel, le Diplomat, demain, disons vers huit heures ?

— Qu'allons-nous faire à Sandhamn ?

— Je dois enquêter à Trouville, tu connais ?
— Trouville ? bien sûr, qui ne connaît pas Trouville !
— Alors à demain, merci, Per.

Tom le quitte rapidement pour se rapprocher de Björn et Göran. Il leur propose de les inviter à dîner ce soir avec lui, accompagnés si possible de Lars et Kerstin.

Björn lui répond qu'il le tiendra au courant rapidement, une fois qu'il les aura contactés.

Tom s'approche ensuite de Lotta, lui propose de l'assister dans ses tris. Ils sortent tous deux sous les regards dubitatifs des autres et se dirigent vers le fond du plateau open space des bureaux.

L'espace de travail de Gunilla est occupé par une grande table surchargée de documents, classeurs, stylos. Un bloc de tiroirs à roulettes est glissé sous cette table, un grand meuble de rangement avec dossiers suspendus est adossé au mur. Et le tout sous le regard placide de trois fauteuils qui font face à celui qu'utilisait Gunilla.

Lotta se met à classer le dessus de la table, il la suit attentivement des yeux.

Les parents de Gunilla viennent les voir et glissent à Tom un mot de remerciement pour les efforts qu'il va déployer dans la recherche de la vérité, « continuez, la police fait un gros travail, nous vous remercions de participer à l'enquête » lui disent-ils avec émotion.

La perte éventuelle de leur fille les a considérablement affectés, ils ont besoin de savoir ce qui s'est passé pour faire leur deuil.

Tom les remercie, Gittan le serre dans ses bras, Gustav lui tend amicalement la main.

A l'autre bout des locaux, Björn observe jalousement la scène, comme si on lui faisait le reproche de n'avoir pas tout fait pour protéger son épouse.

Lotta finit de ranger le dessus de la table, elle veut passer au meuble de tiroirs sur roulettes glissé en dessous, mais il est fermé à clé, alors elle s'attaque au grand meuble de rangement, consulte les documents dans les dossiers suspendus, les uns après les autres, de temps en temps elle glisse sur la table une feuille dont le contenu a retenu son attention.

Tom vient rôder là, il veut prendre connaissance de ces pièces, Lotta éclate de rire car bien sûr tout est écrit en suédois, dépité Tom repose les feuilles :

— Tu me diras si tu trouves des choses importantes ?

— Bien sûr, mais pour l'instant rien de très pertinent, juste des documents qui appuient ce qu'on a évoqué lors de la réunion. Ce qui m'embête, c'est ce meuble de tiroirs fermé à clé, tu peux t'en occuper car personne ici n'a la clé ?

— Je vais essayer, sinon je demanderai à Elena.

— Dépêche-toi, elle doit être sur le point de partir, elle est au fond de l'étage avec Nilsson.

Tom préfère s'en occuper seul, s'il le peut. Le meuble à tiroirs coriace résiste, Tom cherche un tournevis qu'il finit par trouver sur la table, il tente de soulever un des tiroirs par rapport à l'autre, sans succès, il court alors vers le fond du hall et attrape par la manche Elena qui entrait déjà dans l'ascenseur. Il veut la convaincre de l'aider à ouvrir ces tiroirs.

Elle réfléchit qu'elle n'a pas sur elle l'ustensile adéquat et puis surtout elle doit en référer à Nilsson, qui gère l'enquête:
— Tom, je préfère que Henrik me fasse une autorisation pour ce bloc de tiroirs, qui se trouve dans des locaux professionnels privés, je viendrai te l'ouvrir demain.
— C'est bon, je te laisse prendre l'ascenseur, sourit Tom. Mais un instant, Elena, quelle est ton impression suite à cette discussion de tout à l'heure ?
— D'abord il faut s'occuper de ce grand vide dans l'emploi du temps de Gunilla et Mats, samedi à partir de midi. Pour en savoir plus, je devrais par exemple obtenir les relevés de téléphone des gens qui figuraient à la réunion, mais comme ce sont des membres de la famille de Gunilla, des connaissances ou des amis, j'hésite à lancer une telle requête qui serait mal interprétée. Par exemple on dira que comme je n'ai rien à me mettre sous la dent j'espionne mes amis, tu vois l'ambiance ! ou alors je lance Henrik sur ce coup, mais je n'aime pas faire ce genre d'entourloupe.
— Sur le sujet des ennemis de Gunilla ?
— Les immigrants, je n'y crois pas vraiment, le Kremlin contre Gunilla, à priori non bien sûr, mais on a déjà vu en Angleterre des attentats contre des opposants au régime. Chez les politiques, il y a des gens qui aiment bien les coups tordus, mais aller jusqu'aux meurtres…
— Bref, le brouillard ? conclut Tom.
— Oui, mais quand même avec toutes tes questions je change d'avis, finalement je vais dire à Henrik Nilsson de solliciter les compagnies de téléphone pour avoir les relevés des gens

présents à notre réunion, cela reste entre nous, Tom, je compte sur toi !

— Ok, mais tu devrais aussi inclure les portables de Gunilla et Mats, glisse Tom avant que l'ascenseur ne happe Elena.

Il retourne chercher Lotta au fond du hall :

— Elle va s'occuper de te faire ouvrir ce tiroir demain, informe Tom. Nous ne nous verrons donc pas ce soir, je respecte ta décision mais je suis vraiment triste, tu sais.

— Moi aussi, avoue Lotta, …à demain donc.

CHAPITRE 7

Un taxi plus tard, Tom arrive devant l'hôtel Diplomat et pénètre dans le hall d'entrée, il prend ses clés à la réception où l'employé lui apprend d'une voix flûtée que madame Randal l'attend dans le salon à côté du hall.

Tom masque sa surprise et son embarras, il se dirige vers le salon où il découvre Kerstin voluptueusement plongée dans un fauteuil club en cuir, un magazine sur ses genoux, un verre de gin & tonic en main. Elle sourit :
— Bonsoir monsieur Randal !
— Bonsoir aussi, madame Randal, réplique Tom.
— Diable, quelle promotion ! je suis promue madame Randal, je me sens toute chose…
— En fait c'est le réceptionniste qui m'a annoncé la présence de madame Randal…
— Ah ! zut en tout cas tu as au moins madame Sellberg !

— J'en suis très honoré, mais où sont les autres que j'avais aussi invités ?
— La débandade ! Björn, que je comprends, a préféré rentrer se reposer après la nuit en garde à vue . Lars a prétexté qu'il était déjà pris, je n'y crois guère, il doit avoir déjà un rendez-vous secret avec une fille. Göran a appelé son amie, avec qui il s'est mis en couple depuis le décès d'Annelie, elle lui a dit avoir déjà organisé une soirée avec des copains. Restait madame Sellberg qui se faisait un plaisir de diner avec le fameux Tom Randal, voilà…
— Mais c'est très bien, je me réjouis de ce diner en tête à tête, Kerstin, bon, il va falloir trouver un restaurant.
— Je te recommande la brasserie de l'hôtel qui nous fera un très bon accueil.
— C'est parfait, allons-y, conclut Tom.

Ils traversent le hall, Kerstin a pris le bras de Tom, façon madame Randal, avec un grand sourire, comme s'ils jouaient une comédie. Ils accèdent au restaurant, décoration moderne, ambiance feutrée, lumières tamisées.

Ils s'installent à une table le long de la baie vitrée qui donne sur le port, une vue magnifique avec les lumières des bateaux qui se reflètent dans l'eau.

Tom n'en revient pas de se trouver ainsi dans une sorte d'intimité inattendue avec Kerstin, il se racle la gorge et hèle un serveur :
— Je voudrais commander l'apéritif.
— Qu'est-ce que tu voudrais ? demande le serveur d'une voix aimable.
— Nous allons prendre un cocktail spécial…

— Moi aussi ? interroge Kerstin d'une petite voix, j'ai déjà le gin & tonic derrière moi.
— Absolument, sourit Tom, c'est la fête, alors 2/3 champagne glacé et 1/3 cognac pour le réchauffer, c'est possible ?
— Euh oui, bafouille le serveur, je vais quand même vérifier.
— Et apporte-nous du *löjrom* avec l'apéritif, lance Kerstin qui reprend du poil de la bête.
— Que viens-tu de commander ?
— C'est notre caviar rouge, des œufs de ...je ne sais pas comment on dit, je crois de corégone, un poisson, c'est servi avec des oignons mélangés à de la crème fraîche sur une tartine.
— Oh ! mais on ne se laisse pas abattre ici en Suède, à ce que je vois ! sourit Tom.

Une bonne demi-heure plus tard, les joues sont un peu rouges, le cognac aidant, la conversation pétille, les rires ponctuent les phrases alors qu'ils vont attaquer, un verre d'aquavit à la main, elle un filet de perche et lui un steak de renne :
— Quelle est cette mixture blanche que tu ajoutes à ton poisson ? interroge Tom en désignant un petit pot apporté à Kerstin par le serveur.
— C'est du « *pepparrot* », délicieux, du raifort, explique Kerstin, tu ne connais pas ? on en trouve beaucoup en Allemagne aussi, peut-être moins en France ?

Après quelques verres d'aquavit supplémentaires, les barrières étant tombées, Tom cherche à mieux connaître Kerstin :
— Dis-moi, Kerstin, tu es mariée ? tu as des enfants ?
— Grands dieux, non ! j'ai une vie professionnelle trop agitée.
— Tu parles de ton métier de journaliste ?

— Oui, tu n'imagines pas, je dois être disponible à tout moment s'il y a nécessité de faire un reportage urgent.
— Tu travailles en free-lance, n'est-ce pas ? questionne Tom.
— Oui, pour plusieurs journaux de la capitale.
— Tu as une spécialité ?
— Non, enfin si, je m'intéresse beaucoup au monde politique, je connais beaucoup de gens au gouvernement, au parlement, à vrai dire je chasse un peu, « journalistiquement » parlant, dans le même secteur que Gunilla, mais elle a des convictions que je n'ai pas.
— Tu veux dire quoi par « des convictions » ?
— Simplement que Gunilla est déterminée, elle défend une ligne éditoriale, c'est un porte-drapeau, elle est connue pour son engagement, alors que moi je vois souvent les mêmes politiques, de tous bords, mais je ne cherche en aucune façon à convaincre mes interlocuteurs, je les écoute et je transmets leurs messages, ou leurs informations, je n'ai pas d'ennemis, elle en a plein !
— Mais elle doit avoir quand même beaucoup de personnes qui la soutiennent, argumente Tom.
— Forcément, mais son lectorat se résume aux journaux de LNS, avec peut-être en plus quelques lecteurs hostiles à ses prises de position, mais qui veulent s'informer de ce que mijote leur adversaire. En ce qui me concerne, j'écris pour tout le monde, chaque lecteur doit pouvoir trouver une information qui l'intéresse dans mes articles.

Comme Kerstin s'est interrompue après son long exposé, Tom en profite pour la dévisager : des yeux terriblement expressifs qui peuvent véhiculer toutes ses pensées, ses envies, ses volontés, un bas du visage large et puissant, mais très féminin, où la bouche tient une place de choix.

Le temps qu'elle reprenne son souffle et profitant de l'alcool qui lui délie la langue, Tom lance Kerstin sur d'autres confidences :

— Et sinon que penses-tu des filles Lundberg et de leurs maris ?

— Vaste sujet...

— Tu sais que je mène une enquête sur Gunilla, crois-tu qu'elle ait pu tuer Mats d'une balle dans le dos ?

— D'où sors-tu cela ?

— Je pose ma question autrement : avaient-ils des raisons de s'opposer ?

— Non, Mats était un type costaud, assez intelligent, mais surtout dévoué à Gunilla.

— Mais en dehors de Gunilla, comment était-il ?

— Bon, je ne sais pas si tu en as entendu parler, Mats avait eu des problèmes avec la justice, c'était il y a plus de dix ans, une rixe avec un homme qui s'intéressait de trop près à la femme qui vivait avec lui à cette époque, un coup mortel, requalifié en homicide involontaire, Mats a fait dix mois de prison, cela n'a rien à voir avec ton enquête.

— Qui était l'homme en question ?

— ...un cousin de Gunilla, mais je te dis : fausse piste.

— Comment les deux sœurs s'entendaient-elles?

— Annelie vivait dans l'ombre de Gunilla, confie Kerstin.

— Dis-moi, est-ce que Mats avait couché avec Annelie ?

— Ce n'est pas impossible, mais alors de façon anecdotique.

— J'aime bien le mot, sourit Tom.

— Disons qu'une rumeur a couru que Mats avait flashé sur Annelie au point qu'il voulait qu'elle quitte Göran, mais elle n'aurait pas voulu. Mats était sanguin et impulsif, on peut dire « entier ».

— Göran peut-il avoir des motifs de tuer Mats ?
— Tu veux dire : Göran tuerait Mats parce qu'il aurait couché avec sa femme Annelie ? on ne peut pas l'écarter, mais alors la Suède se dépeuplerait assez vite si tous les conjoints faisaient ainsi. Dans ce cas, Göran aurait tué Gunilla en prime ? non cela ne...
— Mais Gunilla n'est peut-être pas morte ! s'insurge-t-il.
— Tom, je peux juste te décrire le caractère des gens qui t'intéressent, et encore, mon opinion est forcément biaisée, cela ne va pas trop t'aider.

Tom se rend compte qu'il vaut mieux changer de sujet, il saisit son verre d'aquavit, que le serveur attentif n'a pas manqué de remplir, vient cogner légèrement celui de Kerstin à qui il lance un *skål* sonore.

Elle avale d'un trait le contenu du petit verre et fixe Tom de son regard pénétrant :
— Et toi, tu es marié ?
— Non.
— Pas le temps d'avoir une vie de famille ? comme moi ?
— Pour l'instant oui.
— Mais des petites amies ?
— Cela arrive...
— Comme la nuit dernière en Suède ? glisse Kerstin avec un sourire en coin.
— Je vois que les nouvelles vont vite dans le milieu des médias.
— C'est notre job, reconnaît Kerstin.
— Je me suis laissé dire que tu as toi-même un palmarès impressionnant.

— Ce n'est pas ainsi qu'il faut voir les choses, je suis célibataire, je vois beaucoup de monde, c'est clair que parfois pour faire avancer un dossier je ne repousse pas une proposition de passer la nuit avec un politique par exemple, pour autant qu'il me plaise, mais en général je choisis en toute liberté mon emploi du temps dans ce domaine, par exemple ce soir quand nous aurons terminé cet excellent diner, tu vas me faire visiter ta chambre d'hôtel et nous passerons la nuit ensemble, mon cher Tom !
— ...(Tom tousse de surprise) je...c'est-à-dire que ...

Kerstin saisit sa main qui pianotait sur la table, la porte à ses lèvres, l'effleure et offre à Tom un grand sourire :
— Eh bien, bredouille-t-il visiblement dépassé par les évènements, je crois que nous avons plus ou moins terminé ce repas...
— Alors allons-y ! décide Kerstin qui se lève, en l'entrainant par la main.

Croisant à sa sortie du restaurant le serveur au regard moqueur, Tom lui fait un geste de la main, une sorte de mimique signifiant « vous mettez la note sur ma chambre ».

La traversée du hall implique de passer près de la réception, l'employé ne manque pas de saluer le couple qui se tient par la main d'un sonore « bonne nuit madame et monsieur Randal » à faire rougir le monsieur en question.

Dans l'ascenseur qui monte inexorablement au troisième étage, Tom tente de garder le contrôle des opérations, mais c'est sans compter avec Kerstin qui le plaque doucement contre la glace de l'ascenseur, prend son visage à deux mains et l'embrasse goulûment sans préavis.

Tom ne sait plus comment il s'appelle, l'alcool lui a fait perdre un peu de sa lucidité, il sent une main de Kerstin qui se faufile sous sa chemise, où diable l'autre va-t-elle attaquer ?

Il voit bien qu'ils ne vont jamais arriver jusqu'à la chambre, c'est un tourbillon dans sa tête, est-ce qu'au moins il y a de la moquette dans le couloir, oui, aussi des caméras de surveillance ? l'employé de la réception doit-il suivre la progression de la scène, a-t-il un haut-parleur pour les avertir à la sortie de l'ascenseur, échevelés, les habits en bataille : « madame et monsieur Randal il vous reste 8 mètres pour atteindre votre chambre » ?

L'apéritif au champagne/cognac suivi d'un bordeaux rouge et de trois verres d'aquavit font que Tom se souvient modérément de la suite des opérations.

CHAPITRE 8

A 7 heures, en ce mercredi, on frappe à la porte... et on entre !

Tom, les cheveux ébouriffés, se soulève sur un coude, se demandant où il se trouve. A travers ses yeux mi-clos il distingue une silhouette qui s'avance dans la chambre.

A côté de lui, un corps féminin couché sur le ventre, une chevelure rousse qui descend sur des épaules, un dos gracieusement cambré, des fesses dures et rebondies que le drap malgré tous ses efforts ne parvient pas à couvrir, ce ne peut être que...oui, bien sûr, Kerstin.

Le serveur a progressé dans la semi-obscurité de la pièce, il pose son plateau sur la table du salon, s'approche des baies et ouvre les lourds rideaux, un soleil timide se permet d'éclairer la chambre, le serveur ne perd pas une miette de la vision de Kerstin assoupie.

Tom s'est redressé dans le lit, il s'assied contre le dosseret, calé avec un coussin, il tapote l'épaule de Kerstin qui se réveille doucement comme un félin dans la savane du Ngorongoro quand le soleil rugit sur les crêtes du volcan. Elle se tourne, s'assied dans le lit à côté de lui.

Le serveur qui s'est approché du lit avec son plateau, fasciné par le spectacle des seins ronds de Kerstin qui prennent joyeusement l'air, trébuche contre le pied du lit et envoie tout le petit déjeuner, pêle-mêle, mais sans le plateau, sur le couvre-lit.

Kerstin saisit comme un fauve un croissant qui a survécu au naufrage tandis que le café colore délicatement les draps.

Le serveur se confond en excuses, il vérifie sa fiche, s'aperçoit que Tom avait commandé un seul petit déjeuner en arrivant au Diplomat, « je reviens tout de suite avec deux petits déjeuners », il s'éclipse.

Ils picorent sur le drap brioches, toasts, confitures dans un ordre aléatoire en riant de ce début de journée original.
Ce qui inquiète Tom c'est la brume qui enveloppe ses souvenirs de cette nuit depuis l'entrée dans l'ascenseur.

Quelques instants plus tard, on frappe de nouveau à la porte, Tom, aussi nu qu'au jour de sa naissance, se lève pour aller ouvrir la porte d'entrée.

Bien sûr il pourrait se demander pourquoi on frappe de nouveau alors que précédemment le serveur a frappé une seule fois puis est entré avec son passe. Mais aucune de ces considérations ne déclenche un signal d'alarme dans sa tête.

Toujours nu, il ouvre la porte et découvre…Lotta vêtue d'un imperméable beige et d'un large sourire. Sitôt le seuil franchi, elle ouvre des deux mains son imperméable sous lequel elle est complètement nue, elle aussi.

Tom n'a que le temps de bafouiller « mais que fais-tu là » et aussi « mais tu es toute nue », à quoi Lotta répond « toi aussi », elle éclate de rire, le prend par la main pour le trainer vers le lit sur lequel elle va le jeter. À ce moment, quand leurs corps basculent, elle distingue dans le coin de son champ visuel une femme nue assise sur le lit, un croissant en bouche et des miettes de brioche partout.

L'inénarrable serveur qui, arrivé juste derrière Lotta, attendait que les présentations soient faites pour pénétrer à son tour, débouche fier comme Artaban dans la chambre, chargé de son plateau à deux petits déjeuners. Il s'écrie consciencieusement en voyant la scène sur le lit « bonne journée, mesdames Randal », avant de constater qu'il aurait fallu en fait trois petits déjeuners. Ah ces clients qui ne remplissent pas précisément leur fiche de petit déjeuner !

Tout le monde (sauf le serveur) est nu, Tom a glissé au pied du lit, Lotta est assise au bout du lit, Kerstin continue sereinement à picorer les restes du premier petit déjeuner.

La situation serait déjà assez grave comme cela, mais Tom perçoit de nouveau que quelqu'un frappe à la porte, certes entrouverte. Tous les regards se tournent vers le couloir d'entrée, une silhouette apparait en pleine lumière… c'est Per en tenue de combat pour la journée à Sandhamn, il reste interdit, puis s'éclaircissant la voix :

— Euh Tom, nous sommes un peu en retard, je ne sais pas si tu as fini de …enfin en tout cas le petit déjeuner, ah bonjour Lotta, oui… bonjour à toi aussi Kerstin, tu vas, enfin, vous allez tous bien ?

Sous les yeux des deux femmes, Tom rampe jusqu'au fauteuil où devraient se trouver ses vêtements, il cherche à mettre déjà un pied dans son caleçon quand son téléphone sonne :

— Allo ?
— C'est Twiggy, salut patron, tout va bien pour toi ?
— Ah Twiggy, écoute, là ce n'est pas le moment, je dois partir en mission, je suis déjà en retard …argumente Tom sous les rires sonores des deux femmes.
— C'est quoi tous ces rires de femmes, Tom ? tu es sûr que tu travailles à ta mission ? sacré missionnaire, Tom ! rugit Twiggy qui raccroche, vexée.

Tom retire du caleçon la jambe qu'il avait péniblement réussi à glisser, «non, d'abord une douche, sinon je n'arriverai à rien aujourd'hui ».

Le serveur, dont le plateau pèse un peu sur les bras, s'est trouvé fort diverti par toute cette scène, on voit de ces choses dans l'exercice de son métier…il préfère donc le déposer sur la table du salon et opérer un repli stratégique.

Quand il sort de sa douche, prêt à s'habiller, Tom constate que la paix des braves a été conclue, le serveur est parti, Lotta a remis son imperméable, elle est assise au bout du lit. Kerstin, assise contre le dosseret, les seins toujours provocants, sourit à Per.

Tom bondit dans son jean, enfile son polo (à l'envers), quatre minutes plus tard, les cheveux ébouriffés, fagoté comme l'as de pique (comme disait son grand-père) il s'adresse à Per « je crois qu'on peut y aller… » et aux deux femmes « euh bonne journée à vous, on s'appelle, n'est-ce pas ? », Kerstin ne répond pas, la bouche pleine d'un pain au chocolat délicieux, Lotta balbutie « à ce soir ? », mais le point d'interrogation ne déclenche aucune réponse de Tom.

Tom s'enfuit de la chambre à la suite du journaliste stagiaire qui n'a pas prononcé un mot.

CHAPITRE 9

Per invite Tom à monter dans sa Volvo rouge garée pile devant le Diplomat. Il démarre tout de suite pour se glisser dans le trafic du matin.

Histoire de détendre l'atmosphère, Tom raconte qu'il connaît au moins le début du chemin pour Winterhamn, ayant été hier jusqu'à Gustavsberg avec Elena, puis il enchaîne :
— Tu es au courant de la mort de Mats, Per ?
— Oui, enfin disons qu'une rumeur a circulé dans les bureaux.
— Pour être clair, explique Tom préférant jouer franc jeu, le corps de Mats a été découvert dans une crique à côté du lotissement de Trouville.
— Je vois très bien où est cette crique, je m'y suis souvent baigné, elle n'est pas bien grande, elle est adossée à une forêt de pins et séparée du lotissement par un éperon rocheux.

— D'après la discussion d'hier dans les locaux de LNS, il ressort que Gunilla et Mats avaient signalé en partant samedi dernier qu'ils allaient l'après-midi chez lui sur l'île de Korsö, précise Tom qui ajoute : ils ont fort bien pu vouloir passer la nuit plutôt chez elle sur l'île de Runmarö. J'ai étudié la carte, l'itinéraire allant de chez Mats à la maison de Gunilla passe près de la crique, si bien que l'hypothèse d'un accident de bateau face à la crique justifierait la présence du corps de Mats à cet endroit.

— Si je te suis bien, tu te demandes si l'épave du bateau de Mats pourrait avoir coulé face à la crique.

— Eh oui, c'est là où je veux chercher cette épave tout à l'heure !

Après une petite demi-heure, ils passent par l'écluse de Strömma, où se trouve une station-service pour bateaux à moteur, longent le domaine de Fågelbro, où Tom aurait aimé s'arrêter, peut-être au retour se dit-il, puis de nouveau c'est la forêt dense, avec des échappées visuelles vers des bras de mer.

Après une grande ligne droite, ils débouchent soudain à Winterhamn où un rond-point fait office de cul-de-sac. Per laisse sa voiture juste à côté sur un énorme parking en terre.

Winterhamn est un très petit port, avec une boulangerie, une pizzeria, un magasin plein d'accessoires divers, une pompe à essence, des embarcadères pour les navettes à destination des îles comme Sandhamn et Runmarö et un peu plus loin une petite zone de chantier naval pour des réparations sommaires, mais aussi une dragueuse et un bateau grue.

Après s'être garé, Per demande à Tom s'il doit commencer par faire des courses pour lui :

— Oui, achète-moi, si tu les trouves, trois ballons et trois bouées, ainsi qu'une perche, avec un petit drapeau si possible.
— Bien, alors pendant ce temps va à la boulangerie goûter un *kannelbulle* avec un café, tu m'en diras des nouvelles !
— C'est quoi ?
— Un pain roulé, genre brioche, avec de la cannelle, certains disent aussi un escargot, c'est addictif... tu me rejoindras au magasin là-bas.

Le ventre lesté de trois *kannelbullar*, Tom retrouve Per un peu plus tard dans le magasin, il lui tend une de ces brioches en lui souhaitant bon appétit.

Puis ils se dirigent vers le bureau de location de bateaux, une cabine préfabriquée. Per frappe à la porte, un type apparaît, allure de vieux briscard dynamique, visage buriné et cheveux blancs, qui adresse à Per un grand sourire :
— *Hej*, salut, Per, tu viens trop tôt, le bateau de ton père n'est pas encore vendu.
— Je m'en doute, Jesper, ah je te présente Tom, je voudrais aller avec lui à Sandhamn pour le boulot, je t'emprunterais volontiers le bateau.
— Pas de problème, tu l'as déjà piloté. Ton père est sans doute d'accord...
— Il doit l'être ! éclate de rire Per.
— Cet Anytec 622 est une belle bête, appuie Jesper en s'adressant à Tom, coque en aluminium, deux moteurs indépendants à l'arrière, il peut faire demi-tour sur place, c'est pratique dans les ports, ce modèle est l'entrée de gamme de cette série !
— Tu as des touches d'acheteurs potentiels ? s'enquiert Per.

— Le bateau sera en démonstration pour un groupe de gens de Stockholm qui vont venir l'essayer la semaine prochaine, alors tu peux en disposer cette semaine si tu veux, Per.
— Au fait, une question, Jesper, intervient Tom, est-ce qu'il y a un GPS à bord ?
— Bien sûr, viens, je te le montre.

Jesper les emmène à une dizaine de mètres de là, près de l'Anytec, qui frétille à l'idée de partir affronter les vagues de la Baltique :
— Tu vois ce grand écran, tu peux y tracer des routes, marquer des waypoints, un beau joujou.
— Il indique aussi les profondeurs ?
— Bien sûr.
— Tu aurais un sonar à bord ?
— Oui, c'est un Garmin, une sonde avec un écran, tu peux prendre des photos sous-marines, noter la position où la photo a été prise. Il est entreposé dans le tiroir sous le volant.
— Exactement ce qu'il me faut, s'exclame Tom ravi.
— Alors on embarque ? propose Per.
— C'est bon pour moi, opine Tom.
— Je largue les amarres, les gars, bonne route, souhaite Jesper en vieux loup de mer.

Per prend les commandes, démarre lentement, va accoster cent mètres plus loin au ponton du magasin où il a acheté les ballons et les bouées. Tom bondit sur le quai, s'empare du paquet préparé par le magasin et saute dans le bateau.

Ils prennent le cap de l'île de Sandhamn qu'ils aperçoivent moins d'une demi-heure plus tard, ils passent à côté du port, très joli, sans s'arrêter. Ils poursuivent le contournement de l'île, en longeant en face la côte de Korsö, où habitait Mats.

L'île de Sandhamn mesure 3 km de long sur 1,5 km de large, la plage de Trouville est à l'opposé du port.

Pour accoster à destination, Per se souvient de l'existence d'un ponton, désert à cette époque de l'année. Le bateau une fois solidement amarré, ils découvrent Trouville, lotissement de maisonnettes et de cabanes en bois.

Tom armé de sa perche emprunte avec Per un chemin de terre entre les habitations et une petite forêt de pins, jusqu'à la crique.

Les maisons du lotissement sont nichées dans la verdure, elles semblent inhabitées en cette saison.

La crique est séparée des habitations par cet éperon rocheux qui s'avance dans la mer, Tom se repère, choisit le milieu de la crique et plante la perche qu'il a amenée, figurant l'emplacement où le corps a dû être retrouvé. Tom attache au sommet de la perche une serviette prise sur le bateau:

— Et maintenant ? interroge Per.

— On va retourner au bateau et essayer de trouver l'origine possible du naufrage.

Ils reprennent le chemin vers le débarcadère, mais cette fois par l'autre côté du groupe de maisons, celui qui donne directement sur la côte . Au bout de la crique ils escaladent le petit éperon rocheux et redescendent vers le littoral qui borde ce lotissement.

En longeant les maisons, ils aperçoivent un type qui fume sur la terrasse d'une coquette maison en bois, peinte en rouge.

Le gars a un mouvement de recul en les voyant, comme s'il était inquiet.

Per n'hésite pas et s'approche benoitement, un air avenant peint sur son visage :
— Bonjour, il n'y a pas beaucoup de monde en ce moment à Trouville, lance-t-il.
— Euh, non je crois même qu'on est seul dans tout le lotissement, bredouille l'individu, la quarantaine bedonnante, le cheveu rare, vêtu seulement d'un polo et d'un short malgré la fraicheur de la matinée.
— Juste un renseignement, je te prie, car nous faisons une enquête pour le journal du groupe LNS, je me présente, je m'appelle Per Nolgard, et toi ?
— Hum, réfléchit le type, je suis ...euh Knut... Anderson, quel renseignement veux-tu ? bafouille-t-il pendant que la porte de la maison donnant accès à la terrasse s'entrouvre et qu'apparaît une jeunette de dix-neuf ans à tout casser.

Per fait une petite moue ironique tandis que Tom se décroche la mâchoire à dévisager (façon de parler : pas seulement le visage) la fille, habillée seulement d'un string minimaliste, qui a la beauté de la jeunesse, des seins menus et fermes, une taille fine:
— Oui, voilà, entame Per, qui a laissé Tom retrouver ses esprits. Il s'adresse à Knut : as-tu entendu le week-end dernier un bruit spécial en pleine nuit, dans la mer ?
— Oh oui ! coupe la fille, tout heureuse de participer à la conversation, c'était, je crois, ...oui, samedi soir vers 22 heures, hein Lennart (qui ne s'appelle déjà plus Knut ?) Un gros bruit en mer, comme un crash, deux bateaux qui se tamponnent, tu

vois (Tom voit très bien, merci), je crois même avoir entendu comme un ou deux coups de feu, mais ce n'est pas sûr.
— C'est bien, Ingrid, mais maintenant tu rentres, tu vas prendre froid, conseille Knut-Lennart.

Ingrid fait demi-tour et laisse admirer sa chute de reins, puis Per, après avoir aussi jeté un œil ébloui, poursuit (la conversation) :
— Tu confirmes, euh... Knut ?
— Oui, c'est exact, mais on n'en sait pas plus.
— Vous n'avez croisé personne ici ce weekend ?
— Non.
— Ok, on ne te dérange pas plus, merci, bonne journée.

Les deux enquêteurs s'éclipsent en se lançant des petits sourires, puis se concentrent à nouveau sur leur mission, « on a l'heure approximative de l'accident » se réjouit Per, tout fier de ses résultats. Quelques minutes plus tard, ils finissent par rejoindre le ponton.

Avant de quitter le quai avec le bateau, Per interroge Tom sur la suite des opérations:
— Nous allons explorer l'hypothèse, propose Tom, que les deux sont partis de chez Mats à Korsö avec l'idée d'aller chez Gunilla à Runmarö, nous devons par conséquent estimer leur trajectoire, disons une ligne droite. Si tu peux, trace sur l'écran du GPS une ligne droite de Korsö à Runmarö en mettant un waypoint à chaque extrémité.
— Pas de problème, le premier je le mets là où leur bateau a dû finir de contourner Korsö et le second vers l'endroit où se situe la maison de Gunilla sur Runmarö, cela fait une ligne droite, tu vois.

— Oui, cette ligne passe à combien de mètres de la crique avec notre drapeau ?

— Je dirais 150 mètres, estime Per en prenant la mesure sur l'écran du GPS, comme tu peux le voir, ils devaient être obligés de passer au large de l'éperon rocheux de Trouville pour éviter des rochers qui affleurent, mais sans se rapprocher trop non plus de ces petites îles rocheuses plus au sud. Leur route sûre ne devait même pas faire une largeur de 100 mètres à cet endroit, surtout qu'avec la nuit il ne fallait pas chercher à longer les côtes.

— Bon, on va suivre maintenant cette ligne affichée sur l'écran, lancer à l'eau nos trois ballons en face de la crique, disons tous les trente mètres le long de cette ligne, en repérant avec le GPS le point exact où on met chacun d'eux à l'eau, ensuite on les laisse dériver, on verra si l'un d'eux atteint la crique, conclut Tom avec un sourire.

— Alors on y va, s'écrie Per en lançant les moteurs, tout excité à l'idée de participer à l'enquête.

— J'oubliais, sais-tu faire fonctionner ton sonar ou bien faut-il appeler ton Jesper ?

— Je préfère l'appeler, je ralentis, où est mon téléphone ? ah hej Jesper, c'est Per, dis-moi, comment fonctionne ton sonar ?

— Sacré Per, le bateau est toujours entier ?

— Bien sûr !

— Bon, alors il y a une notice jointe si nécessaire, mais le principe est simple, tu connectes la tablette à la sonde avec bluetooth, tu règles les couleurs, tu vois la structure du fond, les bancs de poissons aussi, c'est génial.

— *Tack so mycket*, merci beaucoup, Jesper !

Ayant atteint cette ligne Korsö-Runmarö tracée sur le GPS, ils se dirigent vers Runmarö lentement, croisant à droite l'éperon rocheux, jusqu'à ce que commence à apparaître la crique.

Tom lance le premier ballon à l'eau, note sur le GPS les coordonnées, puis ils poursuivent, trente mètres plus loin avec le deuxième et carrément cinquante mètres plus loin avec le troisième, enfin ils s'éloignent encore pour ne pas gêner leur dérive. Tom constate que grâce au GPS, leur position de largage étant répertoriée, il n'aura pas besoin des bouées.

Le courant Sud-Nord les emmène tranquillement vers Sandhamn, tandis que les deux enquêteurs se laissent bercer (d'illusions ?) par les vagues sur leur bateau à l'arrêt :

— Per, d'abord il faudra que tu me fasses penser à contacter la police, par exemple Nilsson ou un de ses adjoints, pour prendre la déposition de ce Knut, quitte à le bousculer pour en savoir un peu plus.

— Ok, j'y penserai.

— Mais auparavant, appelle Jesper pour deux choses : à supposer qu'on trouve grâce aux ballons l'endroit de l'épave, il nous faudra le bateau-grue avec des filins dès que possible, aidé par deux ou trois plongeurs. Est-ce qu'il y a un club de plongée à Winterhamn ?

— Je ne sais pas, je l'appelle, en attendant, prends le sonar, vérifie comment cela fonctionne.

Au bout d'un quart d'heure la situation se décante, Per a fini par avoir Jesper au téléphone (en suédois, bien sûr), il informe Tom qu'après renseignement le bateau-grue n'est pas disponible ce jour, mais demain matin oui, par ailleurs il connait aussi deux plongeurs qui pourraient venir à ce moment-là :

— Mais dis-moi, s'inquiète Per, si on repère l'épave, aurons-nous le droit demain de la repêcher, ou est-ce la prérogative de la police ?
— Tu as raison, c'est un point que je vérifierai avec Elena, au cas bien sûr où nous aurons la chance de localiser ce bateau.

Les deux premiers ballons sont passés du mauvais côté de l'éperon rocheux, c'est-à-dire vers le lotissement et le troisième va droit sur l'éperon rocheux :
— Bon sang, c'est raté !
— Pas le choix, il faut recommencer.
— Le plus simple, réfléchit Per, c'est d'aller voir à Sandhamn si un magasin vend des ballons, cela nous éviterait de retourner jusqu'à Winterhamn.

Une demi-heure de perdue à faire le tour de l'île en bateau, ils débarquent à « Sandhamn même », ajoute Per car l'île s'appelle Sandön mais tout le monde y fait référence en disant Sandhamn qui n'est que le port de l'île.

Le shipchandler, non loin du fameux Seglarhotel, n'a rien en magasin, ils se rabattent sur un magasin d'accessoires et de jouets, qui leur fournit des ballons un peu légers certes, mais « nous nous en contenterons » approuve Tom, qui préfère ne pas pousser jusqu'à Winterhamn, ce serait une perte de temps.

Au passage Tom jette un œil sur les maisons, autour du port, qui sont d'un charme désuet, mais avec beaucoup de cachet, les minuscules jardins laissent voir des échappées de verdure avec des massifs de fleurs. Les couleurs vives des maisonnettes, jaunes, vertes, bleues ou rouges donnent au village un air de fête.

Tom se souvient tout d'un coup avoir vu à la télévision une série intitulée « Meurtre à Sandhamn », il reconnaît un peu l'ambiance filmée dans les différents épisodes.

Ils repartent vers la côte de Trouville, Per identifie l'emplacement, marqué sur le GPS, du lancer du troisième ballon, puis de là ils progressent encore de trente mètres sur l'axe Korsö-Runmarö, jettent à l'eau le quatrième ballon, marquent son emplacement sur le GPS, terminent de même avec les deux derniers.

Bingo, après une demi-heure, ils constatent que le ballon numéro 4 se dirige en plein sur la crique, tandis que les ballons 5 et 6 s'échouent au-delà de la crique sur des rochers. Ils avancent avec leur bateau jusqu'à l'emplacement GPS où le ballon n°4 a été jeté à l'eau.

Tom sort la sonde connectée au capteur Garmin et commence ses recherches en l'orientant dans différentes directions.

Le vent s'est levé et le bateau se met à danser sur les vagues.

Après une autre demi-heure d'investigations, Tom crie de joie, une épave apparaît sur l'écran du capteur Garmin, il la prend en photo, Per dirige le bateau au-dessus de l'épave, qui gît à 43 mètres de profondeur. Il marque la position avec le GPS, l'endroit est repéré pour demain, les deux « collègues » se congratulent :
— C'est très bien, mais dis-moi, Per, est-ce qu'il y a des jumelles dans ce bateau ?
— Oui, dans le même caisson que le sonar, tu veux regarder l'épave, s'esclaffe Per.

— Non, c'est ce bateau à l'arrêt depuis une heure là-bas, entre Sandhamn et Korsö, qui m'intrigue, qu'en penses-tu ?
— Ils sont un peu loin, indique Per, qui a empoigné les jumelles, si tu veux, on va aller voir, je mets en route les moteurs.
— Tu crois qu'on nous a observés vraiment, qui peut savoir ce que l'on fait ? ton copain Jesper ? tu lui as dit ce qu'on comptait faire ?
— Oui, mais sommairement, aucun détail en tout cas de l'enquête.

Après quelques minutes, ils ont fini de ranger leur matériel, Tom en profite pour envoyer à Elena par SMS la photo de l'épave et ses coordonnées, quand soudain Per agrippe la manche de Tom :
— Regarde, ce bateau s'approche à grande vitesse, quel sillage d'écume ! il va être sur nous dans quelques instants.
— Qui cela peut-il être ? la « polis » ?
— Non, la polis a des bateaux bleus et jaunes, celui-ci est juste blanc, de ce que je vois. Il y a bien trois ou quatre gars dessus, on dirait même qu'ils sont armés, crie Per.
— Démarre, démarre, tout de suite !

Trop tard ! pétrifiés, ils fixent ce bateau qui ralentit et vient presque contre leur coque, deux types masqués armés de mitraillettes les visent, Tom plonge en arrière d'un réflexe de survie, Per prend la rafale dans la poitrine et s'effondre au fond de l'Anytec.

Une vedette qui croisait à quelques centaines de mètres choisit de venir leur porter secours, le bateau des agresseurs préfère s'esquiver, dans un demi-tour rageur il disparait dans une gerbe d'écume.

Tom, tombé à l'eau, a la frayeur de sa vie, il est à un mètre de profondeur et voit un monstre marin, le museau pointu, les yeux qui le fixent à cinquante centimètres de sa tête, il crie, mauvaise idée, il avale un paquet d'eau de mer, il gesticule pour remonter à toute vitesse à la surface, cherche à se raisonner, non il n'y a pas de requin dans la Baltique.

Il est contre la coque de l'Anytec, incapable de remonter à bord. La vedette s'approche, tourne autour de l'Anytec, découvre Tom qui croyant avoir affaire aux agresseurs replonge sous l'eau. À bout de souffle il est obligé de refaire surface.

Les gens à bord de la vedette ont l'air amicaux, l'un d'entre eux lui tend une perche, Tom accepte, monte à bord, en demandant immédiatement quelle est cette bête « énorme » qui vit sous l'eau, « oh sans doute un phoque, inoffensif ! » répond un de ses sauveteurs en souriant.

Tom leur explique qu'il veut repasser sur l'Anytec où il y a un blessé, il doit retourner d'urgence à Winterhamn pour le secourir, les gens de la vedette lui proposent de lui ouvrir la voie.

Tom découvre au fond de l'Anytec Per inanimé qui perd du sang, il l'empoigne pour l'installer au mieux pendant le trajet et s'installe au volant. Tant bien que mal, en copiant les gestes de Per lorsqu'il pilotait, il essaie de garder le contact avec la vedette.

Celle-ci a prévenu les secours à Winterhamn, Tom cherche à accoster chez Jesper qui fait au mieux pour s'emparer des amarres, il saute sur le quai, sa chemise maculée de sang fait effet sur Jesper et sur un policier local qui se concentrent d'abord pour extraire Per de l'Anytec afin de l'allonger sur une couverture, à même le quai.

Jesper rappelle les secours, déjà contactés par la vedette : un hélicoptère va arriver de Nacka.

Le policier, affolé par la chemise en sang de Tom, le retient par le bras et lui pose des questions en suédois, Tom est tombé sur un policier qui ne parle pas anglais, il s'assied par terre, à bout de nerfs, à côté de Per toujours inconscient.

Il hèle Jesper et le supplie d'appeler Elena Wijkander à la police de Stockholm.

L'hélicoptère sanitaire arrive très vite, il atterrit sur l'hélisurface située entre les quais et l'immense parking voitures, les brancardiers prennent rapidement en charge Per, qui a repris conscience, ils l'embarquent avec précaution.

Tom, qui avait pris soin de récupérer les clés de voiture de Per, se met en route pour l'hôpital de Nacka, une route qu'il commence à connaître. Il ne s'arrête toujours pas à Fågelbro au passage, pressé d'avoir des nouvelles de la santé de Per.

Il se gare sur le parking de l'hôpital, sa chemise rouge de sang affole les visiteurs qu'il croise, ainsi que l'hôtesse d'accueil à l'entrée de l'hôpital : il veut prendre des nouvelles de Per. L'hôtesse retrouve ses esprits, lui demande s'il est Tom Randal :
— Ah …je suis si connu ?
— Non il y a une policière derrière vous qui souhaite vous parler.

Il se retourne, voit arriver Elena furieuse :
— Tu es un danger public, Tom !! on ne peut pas te laisser dans la nature, Henrik Nilsson est plus qu'énervé !

— ...
— Tu ne réponds pas ?
— Tu as des nouvelles de Per ?
— ...Oui, il a été touché par une rafale d'arme automatique. Nous allons d'ailleurs vérifier si la balle qui l'a atteint est de même marque que celle qui a tué Mats. En fait la première balle lui a arraché un petit morceau de muscle au niveau du biceps droit, douloureux mais sans gravité. La deuxième a atteint le thorax sous la clavicule droite, il est en train d'être opéré pour cela, il a perdu du sang, cela aurait pu être bien plus grave. La troisième lui a effleuré l'oreille gauche, un détail si je puis dire. Finalement les trois impacts sont alignés, une ligne légèrement montante, depuis le bras droit jusqu'au lobe de l'oreille gauche, qui passe par la tête, bref Per l'a échappé bel !
— Il va être hospitalisé longtemps ?
— Non, il pourrait sortir dans les prochains jours.

Elena fixe la chemise de Tom, commence à se rendre compte que Tom est passé par des moments difficiles, elle s'adoucit :
— Et toi, comment vas-tu ?
— Merveilleusement bien, s'écrie Tom, au fait tu as eu mon message ?
— Ah la photo de l'épave ? oui, magnifique, tu as fait un boulot extraordinaire, Tom, c'est...
— Et chez vous à la police, interrompt Tom de façon agressive, vous avez quoi de neuf ?
— Rien, malheureusement pour l'instant, Tom, excuse-moi, j'ai été un peu trop vive, mais tu nous as fait peur.
— Vraiment désolé, mais demain j'ai prévu de repêcher cette épave pour voir si Gunilla se trouve à l'intérieur, c'est ma mission.

— Certainement pas tout seul, l'épave est une pièce importante de l'enquête, qui ne peut échapper au contrôle de la police, donc je te propose que nous y allions demain ensemble, à vrai dire c'est un ordre du chef, Klaes Gustavsson, qui m'a chargé de te transmettre ses félicitations et accepte que tu fasses ton enquête à nos côtés, c'est la première fois que nous acceptons ainsi la présence d'un civil dans nos équipes.

Tom soupire, secoue la tête en guise d'approbation, il décompresse, tâte sa chemise sur laquelle le sang de Per commence à sécher :
— Il y a un magasin de vêtements dans le quartier ? j'ai besoin de me changer.

Au sortir d'un magasin NK où il a pu acheter une chemise neuve, Elena lui annonce:
— L'après-midi est déjà bien avancée, je vais te déposer au Diplomat, prends des forces pour demain.
— D'accord, mais deux choses : d'abord fais prendre la déposition d'un type de Trouville, Knut ou Lennart Anderson, dont la copine nous a indiqué avoir entendu le bruit d'un accident de bateau la nuit de samedi vers 22 heures avec même des coups de feu.
— Mais c'est capital ! Je note, je m'en occupe tout de suite.
— Il faudrait par ailleurs poster immédiatement un garde armé sur la plage, enfin la crique de Trouville, jusqu'au soir, pour surveiller l'endroit approximatif de l'épave au cas où des types chercheraient à la récupérer ou à l'endommager.
— Je passe d'abord ces deux coups de fil, ensuite je t'emmène à ton hôtel.

— Très bien, moi je suis venu avec la voiture de Per, qui est garée sur le parking de l'hôpital, je vais laisser les clés à l'accueil.

Elena contacte directement le poste de police de Sandhamn, un garde armé se met en route pour la crique de Trouville tandis qu'un officier de police va recueillir le témoignage de ce Knut-Lennart :
— J'ai pris aussi contact avec ce Jesper à Winterhamn, il m'a confirmé que le bateau-grue que tu as commandé sera disponible demain, ainsi qu'une équipe de deux ou trois plongeurs, l'Anytec de Per est aussi à notre disposition.

Tandis qu'Elena conduit à travers Stockholm, Tom s'est endormi sur son siège. A l'approche de l'hôtel, elle le réveille. Comme il n'a pas l'air très frais, elle l'accompagne jusqu'à la réception du Diplomat.
Le réceptionniste les accueille d'un « bonjour Madame et Monsieur Randal » qui fait éclater de rire Elena, « on ne me l'avait encore jamais faite, cette blague » ajoute-t-elle.

Elle signale à Tom pour information que Lotta a cherché le joindre toute la journée, il hoche juste la tête.

Son téléphone sonne, elle prend l'appel, l'étonnement se lit sur son visage, lorsqu'elle raccroche, elle lui explique la situation :
— C'est fou, c'était un appel du garde que je viens de faire poster il y a une demi-heure sur la plage de Trouville. Figure-toi que le garde a dû faire signe de s'éloigner à un bateau qui stationnait à l'endroit présumé de l'épave. Ses occupants n'ont pas voulu obtempérer, le garde a tiré en l'air, les types du bateau lui

ont tiré dessus, il s'est planqué derrière un rocher sur la plage et a riposté, le bateau est finalement parti, incroyable ! j'ai dit au garde de poursuivre sa faction, y compris la nuit jusqu'à ce que nous arrivions demain matin avec le bateau-grue.

— Cela ne m'étonne pas trop, ponctue Tom, d'ailleurs ce serait plus sûr, Elena, demain d'avoir l'appui d'une vedette de la police suédoise à côté de nous pendant le repêchage de l'épave.

— Très bonne idée, je m'en occupe aussi.
— Tu as le numéro de Lotta chez LNS ?
— Bien sûr, sourit Elena, les affaires reprennent, tiens, je te le transmets. À demain, huit heures ?
— C'est d'accord.

Tandis qu'Elena rejoint la sortie, Tom en s'accoudant au comptoir de la réception aperçoit dans le salon du hall trois personnes qui lui font signe.

Il les reconnaît, s'approche de Björn, accompagné des inévitables Lars et Kerstin :
— Assieds-toi, Tom et raconte-nous, lance Björn.
— Tu sais sûrement déjà tout, répond Tom qui prend place à leur table.
— Juste que Per est à l'hôpital !
— Bon, alors en résumé, je suis allé avec Per à Sandhamn, on a repéré l'épave...
— L'épave du bateau de Mats et Gunilla ? s'écrie Kerstin.
— Oui, en utilisant un sonar. Là on s'est fait attaquer par trois types dans une vedette rapide, j'ai plongé immédiatement, Per a été blessé mais il devrait sortir bientôt.
— Tu as une idée de l'identité de tes agresseurs ? questionne Kerstin.

— Pas du tout, mais la balle récupérée dans l'épaule de Per va être comparée à celle qui a tué Mats.
— Tu t'en es sorti, félicite Lars, bravo pour le réflexe de plongée.
— Réflexe c'est le mot, dans ma précédente mission, un type a tiré dans l'œilleton de la porte de ma chambre d'hôtel, à une seconde près, je n'avais plus de tête, soupire Tom.
— Tu fais quoi demain ? poursuit Björn.
— Eh bien nous repêchons l'épave, bien sûr !
— Voilà qui est bien parlé, on va te laisser te reposer, à demain, conclut Björn.

Tom les laisse finir leurs consommations, c'était sympa de venir prendre de ses nouvelles, pense-t-il, il retourne à la réception prendre sa clé.

Le réceptioniste l'accueille avec un grand sourire, il est petit, mince, le teint mat, le nez aquilin, les yeux expressifs, la chevelure noire abondante :
— Madame Randal n'est pas restée pas avec vous ?
— Vous, vous me faites rire, comment vous appelez-vous ?
— Ahmad, monsieur Randal, je suis patchoun.
— Oh vous venez de loin !
— Oui, par nécessité bien sûr, monsieur Randal.
— Vous parlez bien anglais.
— Par nécessité, et aussi suédois par...
— Nécessité, j'ai compris, comment se fait-il que je vous rencontre partout, à la réception, au service du petit déjeuner en étage, au restaurant ?
— Ah sans doute parce que mon frère jumeau Sardar est aussi employé dans cet hôtel, nous échangeons nos postes selon les ordres de la Direction.

— Très bien, merci pour la clé, bonne continuation, je vais me reposer.

L'ascenseur hisse Tom au troisième étage, où il rejoint la chambre 323, il se laisse tomber sur le lit, le téléphone sonne :
— C'est Ahmad, monsieur Randal, Madame Lotta Randal souhaite vous parler.
— Merci, pouffe Tom, allo Lotta?
— Oui je suis encore au bureau, je peux passer te voir en début de soirée, Tom ?
— Je t'attends, vers 19 heures ?
— 18 heures 30, corrige Lotta dont Tom imagine le sourire mutin, et sois prêt !

CHAPITRE 10

— Il est 7 heures 30, déjà jeudi, Tom, je dois aller bosser.
— Quoi déjà ? s'éveille Tom en sentant le corps nu de Lotta contre le sien.
— Non, Tom, non, non, si on commence ainsi, gronde Lotta, en voyant Tom manœuvrer pour l'enlacer, la matinée va y passer !
— Mais oui, Lotta !!

Lotta s'esquive habilement, prend sa douche, s'habille en se tortillant, supplice insupportable pour Tom, jupe serrée courte, débardeur échancré et petite veste à basques, puis se penche sur le lit, happée par Tom, grand éclat de rire, elle se dégage, « à ce soir ! » et disparait.

Tom n'a plus qu'à se préparer aussi pour sa journée de pêche. Il va bientôt être huit heures, ce mercredi matin, Elena doit l'attendre.

Quand Tom arrive dans le hall, le réceptionniste se précipite sur lui et lui tend un message « urgent » dit-il.

Elena qui patientait à la réception lui fait signe qu'elle va l'attendre dehors, Tom déplie la feuille transmise par l'employé. Elle est écrite en anglais, quelques lignes d'une écriture pressée : « je dois t'informer d'un point très important au sujet de Gunilla pour ton enquête, rends-toi à la cafétéria du Musée Vasa, assieds-toi, prends un café, je te rejoindrai là-bas, surtout viens seul, sans la police », évidemment aucune signature.

Comment prendre au sérieux ce rendez-vous ? Tom hésite à jeter ce papier à la poubelle tout de suite, mais quelques mots ont accroché son attention, « au sujet de Gunilla », « ton enquête », « sans la police », l'auteur du mot est au courant de tout, c'est peut-être une piste à ne pas négliger.

Il choisit de jouer cartes sur table avec Elena, qu'il retrouve dehors, adossée à sa voiture bleue. Il lui tend sans un mot le papier, la regarde lire :
— Quand as-tu eu ce message ?
— Mais à l'instant par le réceptionniste !

Elena jette un œil à sa montre :
— On est déjà en retard, mais je ne peux pas négliger cette piste, c'est surtout l'auteur que j'aimerais découvrir, plus qu'une information inédite à laquelle je ne crois pas, alors je vais t'emmener au musée Vasa, je resterai dehors sur le parking visiteurs, tu me diras ensuite qui t'aura abordé.

Ils s'installent tous deux dans la Volvo, Elena fait demi-tour :

— C'est loin d'ici ?
— Non, pas du tout, à cinq minutes.
— Quel genre de musée est-ce ?
— Ah le *Vasamuseet* est magnifique, c'est dommage de ne visiter que la cafétéria, le musée est taillé autour d'un ancien bateau de guerre, au moins 70 mètres de long et 50 mètres de haut. Pour son voyage inaugural, c'était dans les années 1630, figure-toi qu'il a chaviré en quelques minutes après avoir levé l'ancre, ici, dans le port, tu imagines ! Vers 1960 il a été renfloué et réassemblé, c'est tout simplement magnifique !

Le temps de ces explications a suffi pour arriver au musée, on voit de loin la silhouette imposante du bâtiment qui protège le navire, Elena se gare, indique à Tom le chemin pour aller à cette cafétéria, lui souhaite bonne chance avec une réticence dans le regard.

Après avoir pris un ticket d'entrée, pas de file d'attente, on est encore assez tôt dans la matinée, Tom trouve rapidement la cafétéria : quelques clients, un couple avec un chien, deux femmes âgées, toute une famille, parents et trois enfants, rien de bien mystérieux.

Il s'installe à une petite table à côté du couple avec leur petit chien, un caniche blanc qui vient déjà le renifler. Un serveur vêtu de façon un peu négligée, chemise presque blanche et béret défraichi, vient prendre la commande, « un café » répond Tom. Le serveur repart sans un mot aimable.

Tom balaie du regard l'assistance, cherchant à repérer d'où va venir son contact, mais rien, ah si, une silhouette est cachée derrière un poteau à quelques dizaines de mètres, elle se penche, Tom croit reconnaître Elena à qui il avait pourtant recommandé de ne pas intervenir. Le serveur est déjà de retour et dépose le café sur la table.

Tom veut régler, le serveur fait signe qu'il encaissera plus tard. Le caniche vient mordiller le bas du pantalon de Tom. Celui-ci, essayant, d'un geste, de l'éloigner gentiment, heurte la table, renverse le café qui se répand par terre, « quel maladroit » se dit Tom qui lève le bras vers le serveur, mais plus personne à l'horizon.

Soudain Tom voit Elena foncer à toutes enjambées vers lui, elle a bien soixante mètres à faire, il s'inquiète, où est la menace, Elena elle-même ?

Des couinements attirent son attention, le caniche, qui est venu laper le café, se roule par terre, le couple voisin s'inquiète, le caniche frissonne puis s'affaisse sans plus bouger. Le couple dévisage Tom d'un air mauvais, se met à l'invectiver en suédois, la femme tâte le chien qui ne réagit plus, Elena arrive enfin comme une furie :

— Où est-il ?

— Qui ? demande Tom en pensant au chien.

— Mais le serveur, bon sang !

— Aucune idée, je le cherche aussi, j'ai renversé mon...

Elena doit maintenant écarter le couple qui veut s'en prendre physiquement à Tom, le ton monte, les quelques clients se sont tournés, ils se demandent s'ils doivent intervenir, un employé de la cafétéria s'approche. Elena empoigne Tom par la manche, « je t'exfiltre » dit-elle avec un ton énergique, tout en brandissant sa carte de police comme un crucifix quand on crie « vade retro, Satanas ».

Ils traversent à toute vitesse le hall, accèdent à la sortie, barrée par trois membres costauds de la sécurité.

Elena ressort son sésame, tente d'expliquer en suédois la situation, elle jette en pâture le nom et le numéro de téléphone de Henrik Nilsson comme interlocuteur car elle n'a pas le temps de détailler ce qui s'est passé. Les trois hommes la laissent passer à regret, Elena fonce à sa voiture, Tom sur ses talons, elle démarre sous les yeux des types de la Sécurité qui notent le numéro de sa plaque d'immatriculation :

— On est très en retard, Tom !

— Oui, fais quand même attention en conduisant. Au fait tu peux m'expliquer ce qui s'est passé ?

— C'est très simple, tu as eu de la chance, tu es encore vivant, ce n'est pas comme ce pauvre caniche...

— Quoi, caniche ? tu veux dire...

— Oui, tentative d'empoisonnement, c'est de ma faute, j'ai réagi trop tard, il n'y a pas de serveur à cette cafétéria, on commande les boissons au comptoir, on paie, on attend sur place que la commande soit prête, puis on emmène sa boisson à table. J'ai eu tellement peur que tu ne boives ton café, j'ai foncé mais j'étais postée trop loin.

Tom ne répond pas, choqué par ce piège dans lequel il s'est jeté, tête baissée, croyant naïvement qu'un indicateur allait lui donner les clés de l'enquête qui aurait ainsi été conclue par le grand détective Tom Randal en 24 heures chrono.

Heureusement qu'Elena l'avait accompagné. Tom est parcouru de frissons, il a du mal à respirer, se met à trembler. Sans son geste maladroit il aurait bu le café, à quoi tient la vie ? A un caniche ?

CHAPITRE 11

Elena, alias madame Fangio, se faufile dans la circulation à grands coups de volant et de queues de poisson, au milieu d'un concert de klaxons (qu'aurait désapprouvé Edvard Grieg) de Stockholmois peu habitués à ce comportement :
— Elena, on n'est pas tellement en retard…bredouille Tom qui reprend lentement ses esprits.
— Tu plaisantes, on va arriver avec une heure de retard. Comme je leur avais dit de commencer à l'heure, Dieu sait ce qu'ils vont m'inventer comme manœuvres avec leur grue...
— Pour en revenir à cette tentative d'assassinat, c'est bien le terme ?
— Oui, dis-moi, peux-tu me décrire ce serveur ?
— Euh…taille moyenne, mince, cheveux blonds et courts sous son béret, visage émacié…ah aussi il met du poison dans son café.
— Ah bien, tu plaisantes à nouveau, c'est bien de reprendre le dessus, tu n'es pas passé loin, termine Elena d'un ton lugubre.

— J'ai du mal à reprendre mon calme, j'ai déjà eu affaire à ce genre d'agression, dans ma précédente enquête, j'en ai eu pour un moment à arrêter de trembler, c'est maintenant presque la même impression, heureusement que tu m'accompagnes, cela me sécurise.

— Je vais veiller sur toi, sourit Elena, car je ne pense pas que nous soyons au bout de nos peines, nous avons affaire à des individus violents et sans scrupules. Je vais demander à Henrik de faire vérifier les enregistrements des nombreuses caméras de surveillance du musée Vasa, on devrait en apprendre plus sur ce serveur.

Elena lui jette ensuite un regard désapprobateur, « dis donc, tu t'es battu avec des chats cette nuit ? », Tom se passe une main dans ses cheveux ébouriffés pour faire mine de se coiffer, rentre un morceau de polo dans son pantalon. Tout de suite, histoire de botter en touche, il lance la conversation sur le programme de la journée :

— Quand nous aurons récupéré cette épave, où as-tu prévu de la déposer? prononce Tom sur un ton très concentré.

— J'espère que tu n'as pas pensé à cela toute la nuit, rigole Elena, bref, nous irons dans l'île de Djurö, qui est tout près de Winterhamn, tu me suis ? il y a un hangar à côté d'un restaurant qui s'appelle Motorverkstan, où nous pourrons stocker l'épave, Henrik Nilsson nous enverra la police scientifique pour essayer d'y trouver des indices.

Tom tente de s'assoupir pendant qu'Elena conduit, mais elle veut en savoir plus :

— Qu'est-ce que tu fabriques avec ces deux filles, Tom ?
— Ce n'est pas ce que tu crois, Elena.

— Voyez-vous cela ! Bon, je te laisse dormir, concède-t-elle.

A l'arrivée à Winterhamn, le superbe bateau Anytec les attend chez Jesper, Elena le salue. Elle l'avait déjà rencontré dans une mission précédente, ils échangent quelques mots, elle lui donne des nouvelles de Per « il sortira bientôt de l'hôpital ». Rassuré, il l'accompagne jusqu'au bateau, lui confie les clés, elle lui donne une tape amicale sur l'épaule et le remercie, elle saute à bord, suivie de Tom.

Elle prend le volant, met les gaz, lui se remet à somnoler après toutes ces émotions. Peu de temps avant d'arriver sur site à Trouville elle lui donne un coup de coude, « réveille-toi, on est presque sur place », avec un sourire elle ajoute, espiègle, à Tom qui s'ébroue « c'est sans doute tout le trafic cette nuit sur les quais devant l'hôtel qui t'a empêché de bien dormir! ».

Il est presque dix heures, le bateau-grue est à l'aplomb de l'épave, la vedette de police alias Polis-vedette, coque bleue, habitacle peint en damiers bleu et jaune, aux couleurs du drapeau national, patrouille en cercles concentriques, les plongeurs sont déjà à l'œuvre.

Elena s'arrime au bateau-grue, ils sautent sur la plate-forme de celui-ci, se présentent au capitaine, un ex-loup de mer, buriné par le soleil et les vents de la mer Baltique, une casquette à la Capitaine Haddock vissée de travers sur le crâne, qui les accueille avec enthousiasme, car cette mission lui plait.

Un plongeur qui est aussi à bord vient les saluer, en fait, explique-t-il, ils sont venus à trois, ses deux collègues sont déjà en plongée, ils cherchent à fixer les filins sur la coque de l'épave.

Il précise qu'ils doivent d'abord serrer deux boucles, une à chaque extrémité de l'épave, ensuite les relier à un palonnier-écarteur descendu par la grue:

— Tu penses que cela va se passer sans casse, s'inquiète Elena, nous avons besoin de l'épave dans son état actuel.

— Nous faisons tout pour ! cela devrait être bon, répond l'homme-grenouille prêt à plonger avec ses bouteilles déjà fixées dans le dos pour aider ses collègues ou les relayer.

— Combien de temps faudra-t-il pour remonter l'épave sur la plate-forme ? poursuit Elena.

— Aucune idée, au minimum une heure et maxi, disons ... trois ou quatre !

— Toi, capitaine, combien de temps comptes-tu mettre pour atteindre Djurö avec ton engin ?

— Ce ne sera pas rapide, c'est sûr, comptons une heure et demi s'il n'y a pas trop de vent ou de vagues.

Elena contacte par téléphone le capitaine en charge de la vedette de la police suédoise, qui est à une centaine de mètres d'eux, elle se présente, lui demande si un bateau suspect a été repéré dans les alentours ce matin, la réponse est négative.

Elle lui donne comme consigne impérieuse de ne pas quitter le sillage du bateau-grue, une fois que l'épave sera chargée à bord, jusqu'à la destination de Djurö :

— Au fait, combien de policiers as-tu à bord ? sont-ils solidement armés ?

— Nous sommes six à bord, répond le capitaine de police, nous sommes tous équipés de pistolets Sig Sauer P225, nous avons en plus trois pistolets-mitrailleurs, des H&K MP5.

— Bien, alors n'hésitez pas à tirer si vous voyez un bateau suspect s'approcher très près de l'épave dans le but de la détruire, car nous ne pouvons pas nous permettre de la perdre, elle doit être expertisée pour une enquête très importante. Vous naviguerez donc derrière le bateau-grue, tu placeras un homme à l'arrière de ta vedette prêt à détecter une attaque venant par derrière, ensuite deux hommes, un de chaque côté à surveiller les flancs de votre vedette, les trois équipés d'un pistolet-mitrailleur, c'est bien clair ?

— Très clair.

Elena enchaîne avec un appel à Henrik Nilsson :

— Salut, tu as du nouveau concernant la balle qui a tué ce Mats Hellman?

— Oui, répond Henrik, elle a été tirée par un AK-74, mais cela ne nous avance guère car officiellement il y a bien une quarantaine de pays qui exploitent cette arme sur le plan militaire, sans compter des groupes séditieux qui ne se gêneraient pas de l'utiliser.

— Du nouveau concernant la balle qui a atteint Per Nolgard ?

— On aura le résultat dans la journée. Toi, où en es-tu avec ta pêche miraculeuse ?

— Cela avance, je t'appelle si j'arrive à Djurö.

— Non, pas « si », mais « quand » tu arrives à Djurö ! ensuite viens me voir à mon bureau pour faire le point, d'ici là j'aurai eu la liste des bornages et appels téléphoniques des gens que tu as souhaité contrôler, on y verra peut-être un peu plus clair.

— Je peux venir avec Tom ?

— Ma foi, oui, pourquoi pas, il se débrouille bien, il est très correct, me semble-t-il, très pointu dans ses réflexions, un avis extérieur ne pourra pas faire de mal.
— Au fait, je te parlerai en détail de la tentative d'assassinat par empoisonnement contre lui ce matin.
— Quoi ? rugit Henrik.
— Il n'y a plus d'urgence, on verra cela cet après-midi, il faudrait juste visionner les enregistrements de ce matin des caméras du musée Vasa et de son parking, bon, je te laisse, l'épave ne va pas tarder à être hissée.

A ce moment-là les deux plongeurs refont surface, ils demandent au capitaine du bateau-grue de faire un test pour soulever l'épave.

Une bouée fixée par les plongeurs sur le bateau coulé figure la verticale, le capitaine manœuvre son navire pour s'en approcher, active la grue à laquelle pend une élingue de levage soutenant une barre métallique horizontale.

Les trois plongeurs ne sont pas de trop pour accompagner ce câble dans sa descente vers leur cible puis arrimer les deux bouts de la barre aux deux boucles qui enserrent chaque extrémité du bateau endommagé.

Puis l'un d'eux remonte à la surface, il fait signe de commencer à soulever l'épave.

L'opération débute, le capitaine tracte lentement sa proie, un plongeur est remonté à la surface, il indique que pour l'instant tout se passe bien.

Tom s'approche d'Elena :
— Tu crois que le corps de Gunilla peut être dedans ?

— C'est possible ! Le corps de Mats a dérivé avant de s'échouer au bord de la plage, donc si elle était aussi tombée du bateau, elle aurait dû finir à peu près au même endroit que Mats, on l'aurait déjà retrouvée.
— Si Gunilla n'est pas coincée dans l'épave, où pourrait-elle être ?
— C'est la question, cher *Sherlock*, sourit-t-elle en haussant les sourcils.

Elena reçoit un appel du bateau de police, « on a repéré un bateau suspect à environ 800 mètres vers Korsö », elle répond au policier de continuer sa surveillance mais surtout, en priorité, de ne jamais quitter la protection du bateau-grue.

Elle lui recommande en particulier de ne pas tomber dans un piège, dans le cas d'une attaque par deux bateaux, surtout de ne pas poursuivre l'un d'eux en abandonnant la garde du bateau-grue, ce dernier se retrouverait seul sans protection face au deuxième assaillant.

L'épave sort lentement de l'eau, l'avant est complètement écrasé, un côté est enfoncé, des bouillons d'eau jaillissent hors de la coque qui est maintenant au-dessus de la plate-forme du navire, Elena et Tom se sont réfugiés dans la tourelle de commande du bateau avec le capitaine, l'épave est délicatement déposée sur le plateau, deux hommes d'équipage ainsi que les plongeurs, qui viennent de remonter à bord et se sont débarrassés de leur équipement, s'emploient à arrimer la coque avec des cordages.
Et pas de corps de Gunilla à bord…

Le téléphone de Tom sonne :

— Allo ?
— Monsieur Randal ?
— Euh oui ?
— Bonjour c'est madame Randal, chambre 323 ! éclate de rire Lotta, je dis bien 323 car il y a peut-être encore d'autres dames Randal dans les étages ?
— Ah Lotta, écoute, ce n'est peut-être pas le moment, tu vas bien, pas de problème ?
— C'était pour te dire bonjour, je suis partie un peu vite ce matin. Je suis au bureau, juste pour t'informer que les Lundberg ont fixé l'office à la Cathédrale demain à 9 heures.
— Bien merci, à plus tard, je dois te laisser.

Elena se tourne vers Tom, « l'épave étant récupérée, j'ai confirmé à la police scientifique de venir dès que possible comme convenu à Djurö ».

Les choses s'accélèrent, certes le bateau endommagé est récupéré, mais il va falloir tenir compte du vent qui a encore forci et peut mettre en danger l'épave. Le bateau-grue est beaucoup moins à l'aise dans ce clapot, il perd en stabilité.

Il n'y a plus le choix, quelles que soient les vagues, faibles ou grosses, il va falloir maintenir le cap vers Djurö!

Le capitaine du bateau-grue rejoint ses deux visiteurs:
— Nous sommes prêts à partir, Elena.
— Bien, la vedette de la police se placera dans votre sillage, tu veilleras à ce qu'elle soit bien là, sinon tu m'appelles en urgence.
— D'accord, mais nous ne pourrons pas aller très vite.
— L'important c'est que tu amènes cette épave à Djurö, le reste, la vitesse, les vagues, tu fais au mieux.

— Je fais route en passant au nord de Runmarö, après c'est tout droit, en évitant les petites îles.

— Je suivrai ta position sur mon GPS, nous allons partir en avant, je veux m'assurer que tout est prêt là-bas, le hangar qui doit fermer à clé, un garde armé disponible aussi, surtout une plate-forme roulante avec berceau sur laquelle tu pourras déposer l'épave, qu'on n'aura plus qu'à pousser dans le hangar. Reste sur tes gardes, ne prends aucun risque, si tu as un quelconque problème, appelle-nous immédiatement.

— A plus tard donc, affirme le capitaine avec un sourire engageant.

« A nous deux » fait Elena à Tom, en enjambant le bastingage du bateau-grue pour s'installer dans l'Anytec amarré tout contre. Il la rejoint, le bateau démarre en trombe.

Le ciel est couvert, un petit vent aigrelet les fait frissonner, ils contournent Sandhamn par l'Ouest, Elena indique du bras à Tom, sur leur gauche, l'île de Runmarö, très étendue, puis ils se faufilent entre un chapelet d'îlots, parfois moins de cent mètres séparent deux îlots entre lesquels ils tracent leur route, le trajet est court.

Devant eux apparaît vite Djurö, Elena montre du doigt l'îlot juste à côté d'eux, « c'est un ami qui habite là, on était en classe ensemble, l'îlot s'appelle Ljungkobben », deux kilomètres plus loin ils atteignent Djurö.

Elena s'amarre chez Motorverkstan, part à la recherche du responsable du hangar qui jouxte le restaurant. Tom est resté dans le bateau. Sur ordre d'Elena, deux employés approchent du quai une plate-forme à roues sur laquelle l'épave pourra être grutée. Le hangar est ouvert, prêt à réceptionner l'épave.

107

De loin Tom voit Elena, satisfaite, taper sur l'épaule du chef de chantier puis revenir vers lui. Soudain elle arrête de marcher pour répondre à un appel téléphonique, elle jette un œil à Tom, se met à courir vers lui, « ils sont attaqués » crie-t-elle, en sautant dans l'Anytec, sans tarder elle pousse à fond les moteurs, « prends la barre, je dois appeler le siège de la police ».

Tom n'a pas le temps de lui dire qu'il ne sait pas vraiment piloter une telle bête, il tient juste le volant pour éviter îlots et bateaux, comme la veille, mais la veille il suivait tranquillement la vedette qui lui ouvrait la voie. Il peine à manier l'accélérateur, vu la vitesse, il cherche à éviter toute embardée. De temps en temps elle lui fait un signe du bras pour lui indiquer de passer à gauche ou à droite d'un rocher qui affleure, ou d'un côté ou de l'autre d'un ilot. Quand il peut, il lui jette un coup d'œil car il espère son aide. Mais elle poursuit son appel avec la police de Stockholm, qui vient juste d'être mise au courant de l'agression.

Pendant ce temps, au nord de Runmarö, sur la polis-vedette qui suit le bateau-grue à quelques mètres à peine derrière lui, le policier qui surveille l'arrière a donné l'alerte : une vedette hostile fonce sur eux dans l'idée d'accoster le bateau-grue par la gauche (enfin, disons par bâbord). Chaque policier s'aplatit derrière le bastingage de la polis-vedette, actionne la culasse de son arme pour placer la première balle dans la chambre, pointe son fusil-mitrailleur vers la vedette assaillante. Celle-ci les frôle à grande vitesse, des types à bord leur tirent dessus.

Sur le bateau-grue qui avance lentement, deux plongeurs sont surpris par la soudaineté de l'attaque, ils sont touchés par les tirs, l'un à une jambe s'écroule, l'autre au bras gauche est projeté en arrière.

La vedette ennemie veut s'arrimer au bateau-grue mais le tir nourri des policiers fait barrage, les assaillants semblent être quatre. L'un d'eux, qui veut malgré tout sauter sur la plate-forme où gît l'épave, est touché de plein fouet, il s'écroule, manque de tomber à l'eau entre la vedette et le bateau-grue. Un des autres assaillants le rattrape mais prend une balle dans la cuisse droite, il tire à lui dans un effort désespéré l'autre blessé, s'effondre derrière le bastingage de la vedette. La pluie de balles qui s'abat sur la vedette empêche tout nouvel assaut, les agresseurs, surpris par la vigueur défensive des policiers choisissent de se replier au plus vite, leur pilote démarre, amorce un large virage et s'enfuit.

Le capitaine de la Polis-vedette avait dès le début de l'attaque lancé l'alerte, demandé l'intervention d'un hélicoptère de la Polis qui s'est envolé de Gustavsberg. Mais voyant deux plongeurs blessés, il requiert aussi l'envoi d'un hélicoptère sanitaire qui, lui, va décoller de l'hôpital de Nacka.

L'hélicoptère de la Police survole bientôt les lieux puis, muni d'une photo du bateau des assaillants envoyée par la Polis-vedette, se lance à sa recherche. Au milieu de cette myriade d'îles, c'est une mission quasi-impossible…

L'hélicoptère sanitaire arrive aussi, mais pas moyen d'atterrir, car le bateau-grue, suivi de près par la Polis-vedette, n'a pas vraiment l'autorisation d'Elena de s'arrêter à un ponton d'une île. Alors l'aéronef doit procéder à l'hélitreuillage des deux blessés.

C'est un succès, car la faible vitesse du bateau-grue permet à l'hélicoptère d'ajuster son déplacement sur celui du bateau. Le vent secoue chaque blessé installé dans sa nacelle, mais en quelques minutes le transfert est réalisé, l'hélicoptère vire tout de suite vers Nacka sous des rafales de pluie qui viennent réduire la visibilité.

Elena, qui a repris le volant de l'Anytec, est arrivée sur les lieux, elle s'assure que le convoi peut poursuivre, elle se joint à lui pour l'escorter.

La police scientifique l'appelle pour lui signaler son arrivée à Djurö, elle devrait certes à nouveau quitter le convoi pour aller l'accueillir, mais elle hésite craignant une nouvelle attaque.

Visiblement la police a sous-estimé la menace. Elena préfère rester avec le bateau-grue, car de loin la polis vedette et l'Anytec pourraient faire masse pour dissuader les assaillants d'une nouvelle attaque.

Henrik Nilsson appelle Elena :
— Où en es-tu ?
— L'attaque a été repoussée, nous avons affaire à des types violents, la récupération de l'épave a déclenché les hostilités ! Il va falloir mobiliser nos moyens sérieusement, Henrik.

La fin de la traversée entre Runmarö et Djurö est un passage difficile, peu abrité des vents, les vagues font tanguer le bateau, si bien que l'épave commence à tenir moins bien entre ses attaches. Les rafales de pluie mouillent le pont, la coque endommagée glisse sur la plate-forme au gré des vagues, le capitaine et l'équipage s'emploient à ne pas la laisser partir d'un coup par-dessus bord, surtout que ce bras de mer se situe entre deux grosses iles où la profondeur peut atteindre 70 à 80 mètres. Repêcher un bateau à cet endroit ne serait pas une partie de plaisir.

Le pire a été évité, le bateau-grue parvient à Djurö péniblement.

CHAPITRE 12

Dès l'arrivée à l'île de Djurö, l'épave a été déposée par la grue sur la plate-forme mobile, déplacée à l'abri dans le hangar réservé à côté du restaurant Motorverkstan. La police scientifique se met à l'œuvre, tandis qu'Elena et Tom décident d'aller rapidement se réchauffer et se sustenter au Motorverkstan.

Avant d'entrer dans le restaurant, Elena fait signe au commandant de la polis-vedette, qui vient d'accoster, que sa mission est terminée, elle le remercie, lui et son équipe, puis le laisse repartir vers sa base. Elle remercie aussi vivement le capitaine du bateau-grue, elle lui demande de transmettre ses vœux de convalescence aux blessés, équipage et plongeurs.

Comme il est déjà midi passé, Tom, que les émotions ont creusé, invite Elena à manger des meatballs avec une bière suivie d'un café. L'ambiance du restaurant est chaleureuse, « une bonne adresse ! » déclare-t-il. Elle approuve « le soir, surtout pendant la belle saison c'est un endroit que j'adore, une ambiance joyeuse ».

Vingt minutes se sont écoulées, les deux enquêteurs sortent revigorés de leur tanière. Le hangar avec l'épave est à moins de cent mètres.

Les hommes de la police scientifique sont au travail, Ingmar Sandler, leur chef d'équipe, les accueille, leur fait les premiers commentaires : la coque de l'épave est blanche, mais des grosses traces de peinture gris foncé sont visibles à l'avant ainsi que sur le flanc gauche.
Ingmar indique que le choc a d'abord dû être frontal, puis le bateau aurait légèrement ripé vers la droite. Par contre il lui paraît clair que l'obstacle n'était pas « naturel », un rocher par exemple, il ne croit pas non plus à une bouée, pour lui c'est un autre navire.

Ils sont un peu désorientés, la piste de l'épave ne semble pas aussi déterminante qu'ils l'espéraient, avec un peu de peinture on ne va pas aller loin, se dit Tom.

Elena, dont la déception se lit sur son visage, relance quand même le policier scientifique :
— L'intérieur de l'épave est vide ?
— Nous l'avons minutieusement fouillé, mais sans succès.
— Ces traces d'éraflures sur le côté droit du rebord ? s'accroche Elena qui ne se résigne pas.
— Oui, c'est bizarre, j'allais t'en parler, c'est comme la trace d'un grappin, comme si on avait voulu empêcher le bateau de couler, mais sans y arriver, enfin pour l'instant c'est une

hypothèse, si on revient demain avec d'autres matériels, nous aurons peut-être plus d'indices, s'accorde à dire le policier.

— Mais cette peinture grise, on peut l'analyser ? c'est une piste ? poursuit Tom qui prend le relais d'Elena, les deux ne voulant pas que deux jours d'enquête finissent ainsi en voie sans issue.

— On a plusieurs labos disponibles, qui peuvent faire des analyses, ce n'est pas impossible, répond Ingmar Sandler, le policier en chef.

— Dans quel délai un labo pourra apporter des éléments nouveaux ? s'inquiète Elena qui veut avancer à tout prix.

— Je ne sais pas, on va les contacter demain.

— Trop tard pour nous, prépare-moi des échantillons de cette peinture obtenus soit en raclant des morceaux, soit en découpant carrément dans la coque, par exemple à l'avant, une plaque où figurent les peintures blanche d'origine et grise du choc, je les emporte tout de suite au siège de la police.

— Attendez une seconde, j'ai un de mes adjoints qui m'apporte…voyons voir, qu'as-tu trouvé ?

— Tiens, Ingmar, c'est une chaussure genre basket, assez abimée, je l'ai trouvée coincée sous la banquette arrière, indique son adjoint.

— Merci, sourit Ingmar, il prend en main la chaussure en assurant à Elena qu'il l'ajoutera aux échantillons de peinture.

Un peu plus tard, ayant récupéré leur précieux colis, ils se dirigent avec Ingmar vers le ponton du Motorverkstan où est amarré l'Anytec.

Au moment d'y arriver Tom s'arrête car une vedette vient de dépasser le restaurant Motorverkstan et s'approche à grande vitesse du hangar où l'épave est stockée.

Les trois enquêteurs restent figés, à environ cent mètres la vedette accoste, d'où bondissent trois types cagoulés, habillés de tenues noires, armés de leurs Kalashnikovs.

Le garde du hangar et les deux adjoints d'Ingmar, qui ne portent pas d'arme, lèvent les mains en l'air sous la menace des pistolets-mitrailleurs des assaillants.
Ils sont obligés de s'allonger face contre terre, un des agresseurs leur lie les mains dans le dos.
Un assaillant se saisit de grenades incendiaires qu'il portait dans un sac à dos, les balance dans le hangar. Les explosions ravagent l'épave, le hangar prend feu, tout part en fumée. L'un des types aperçoit les trois enquêteurs. Elena saisit son pistolet de service. L'assaillant les ajuste, il tire deux rafales de son arme automatique pour couvrir sa fuite vers la vedette.

Les tirs en rafale surprennent Tom qui se jette par terre, une balle s'écrase sur le mur en bois du restaurant à vingt centimètres à peine de la tête d'Elena, un éclat de bois lui écorche le front, Ingmar est touché, légèrement, par une balle qui traverse sa veste, son bras gauche n'est que balafré.

Les trois agresseurs ont réembarqué immédiatement, l'attaque a duré à peine cinq minutes, pas le temps d'appeler des secours, ni de contacter l'hélicoptère de la police qui doit toujours sillonner la région de Sandhamn à la recherche de cette vedette. Tom se reproche de ne pas avoir gardé la polis-vedette avec eux.

Il prend son mouchoir et éponge le sang qui perle sur le front d'Elena, « c'est gentil, fait-elle, mais ce n'est pas la peine, j'ai déjà vu pire », Tom remballe son mouchoir en s'interrogeant sur le ton qu'elle a employé.

Ingmar, malgré sa blessure légère, est allé délivrer ses hommes ainsi que le garde.

Tom le rejoint :
— Tu as une idée de l'identité de ces types ?
— Aucune idée, fait Ingmar dépité, des tenues de camouflage, des cagoules, des armes très classiques pour ce genre d'agression, aucun mot prononcé donc pas moyen de localiser un accent, la vedette sans aucun signe distinctif.
— Dommage ! il nous reste au moins le colis des échantillons de peinture, nous retournons à notre bateau.
— À bientôt, salue Ingmar, il faut qu'on finisse ici de relever d'éventuels indices laissés par ces types.

Le hangar finit de se consumer, la chaleur des flammes a à peine tordu la structure métallique, mais le bardage en bois n'a pas résisté. L'épave n'est plus qu'un tas de métal noirci.

L'adjoint d'Ingmar les accompagne au ponton. Ils le remercient et sautent à bord de leur bateau.

Huit minutes plus tard, ils sont déjà à Winterhamn où ils changent de monture, Elena prend le volant de sa Volvo toujours bleue, ils se mettent en route pour Stockholm avec la précieuse boite.

Ils passent en trombe près du centre hippique de Fågelbro, Tom fait un geste, interrompu par Elena avant même qu'il ne prononce un mot, « non, Tom, une autre fois, tu vois bien qu'il y a le feu au lac !».

Il est déjà passé 15 heures, elle prévient Henrik de leur prochaine arrivée vers 16 heures, Tom sourit en la voyant passer à toute allure devant un radar fixe où la vitesse est limitée à 70km/h :

— Tu connais quelqu'un à la police pour te faire sauter la contravention, Elena ?

— C'est cela, Tom, moque -toi de moi, on va au siège de la police, si tu n'es pas sage, je t'enferme au sous-sol pour une journée, rigole-t-elle.

— Tu as gagné, je me tais.

— Trêve de plaisanterie, l'opération « épave » est un succès, grâce à toi, il va falloir maintenant organiser la suite, on sait que nous avons face à nous une équipe organisée disposant de moyens et ... déterminée, ce sont des vrais professionnels.

— Certes, mais un point me chagrine, ces types hier savaient que j'allais à Trouville repérer l'épave, ils interviennent ce matin, ils m'attirent au musée Vasa avec un message où ils mentionnent des détails très clairs de l'enquête, ils savent que nous allons repêcher l'épave, ils nous attaquent. Comment sont-ils renseignés ?

— C'est une question troublante, je n'en sais rien non plus.

CHAPITRE 13

Le quartier général de la police à Stockholm, entre Bergsgatan et Kungsholmsgatan, regroupe en fait tout un lot de bâtiments d'environ sept étages, d'architecture moderne, recouverts de parements bruns, globalement plutôt sinistres...

Elena conduit sa Volvo directement jusqu'au pied de l'immeuble où se trouvent les bureaux de Klaes Gustavsson.
Il est bien 16 heures quand elle fait une entrée attendue chez Klaes, où Henrik Nilsson est déjà installé :
— Oui, Tom, entre aussi, tu es le bienvenu, sourit Klaes à Tom qui hésitait à se joindre à eux.
— Voici les échantillons de peinture grise récupérés de justesse sur l'épave avant que ces énergumènes ne fassent sauter le hangar, dit fièrement Elena en posant le carton sur le bureau de Klaes, elle balance : « nous aurions eu l'appui de deux ou trois vedettes de la police, ces types n'auraient rien pu faire contre nous ».

Mais la fin de la remarque d'Elena ne suscite aucun commentaire...

Elena, Henrik et Tom sont assis face à Klaes qui préside, installé à sa table de travail. Il félicite sobrement Elena pour ses échantillons:
— D'abord trouver un labo, lance Klaes, si on en prend un ici, je crains que cela ne soit ni rapide, ni efficace, alors avant que vous n'arriviez, j'ai cherché des labos pointus, il y a bien sûr celui de Berlin que j'ai déjà consulté dans le passé, excellent, mais la réponse peut prendre du temps, une autre option c'est celui d'Oslo, aussi reconnu dans nos milieux, sans doute plus réactif, qu'en pensez-vous ?
— Le paramètre temps est crucial, les types à qui on a à faire sont à neutraliser d'urgence, estime Henrik.
— L'expertise aussi, insiste Elena, il faut un labo qui connaisse les signatures des peintures utilisées par les constructeurs de bateaux ou les Marines nationales dans chaque pays autour de la Baltique.
— Quand j'ai appelé Oslo, le responsable Knut Solberg m'a précisé que les marines nationales ajoutent souvent à leur peinture un marqueur qui leur permet, par exemple lors de la recherche d'un navire disparu de leur flotte, d'identifier un morceau de coque d'une épave. Ce labo a une liste imposante de tels échantillons de peinture avec marqueur.

La décision est prise, Klaes appelle un adjoint, un certain Magnus, un jeune homme blond de plus d'un mètre quatre-vingt-dix. Celui-ci reçoit la mission de partir immédiatement avec un avion de la police au labo d'Oslo en emportant les petits morceaux de la coque du bateau de Mats.

Klaes lui donne l'adresse complète du labo, qu'il va prévenir de l'urgence de la situation et de l'arrivée de Magnus en fin de journée.

Pour un peu Magnus, fier de sa mission, claquerait des talons avant de quitter la pièce...

Elena sort du carton la vieille chaussure trempée, elle explique d'où vient cette trouvaille de dernière minute :
— Comment l'analyser ? demande-t-elle ?
— La seule raison pour laquelle elle peut nous intéresser, c'est de savoir si elle appartient bien à Gunilla, ajoute Henrik, alors peut-être Björn pourrait l'identifier ?
— Pourquoi pas envoyer quelqu'un à la maison de Gunilla à Runmarö pour vérifier les pointures des chaussures restées sur place ? propose Elena.
— Ok, intervient Klaes, Henrik tu envoies un de tes adjoints là-bas, avec cette chaussure, vérifier les pointures. Selon le résultat il sera toujours temps de convoquer Björn pour l'interroger à ce sujet.

Silence général, le temps que Henrik lance sa requête sur Runmarö.

Tout le monde se regarde sans parler, puis Klaes, énervé par l'absence de pistes véritables, questionne sèchement Henrik Nilsson :
— Où en sommes-nous, dans cette enquête ?

Henrik est sauvé par le gong, on frappe à la porte du bureau, Klaes lance un « oui ? » bourru qui ne décourage pas l'intrus, c'est Oscar, une jeune recrue, un garçon d'une vingtaine d'années, petit et boutonneux, qui vient de passer une journée complète à éplucher les relevés téléphoniques demandés par Elena:

— J'ai fini, Klaes, je te les laisse ou tu veux que je les commente ?

— Oui, oui, commente donc, Oscar !

— Bon, alors Gunilla a appelé vendredi dernier, la veille de sa disparition, au ministère des Affaires Étrangères le directeur de cabinet du ministre, Leif Tollerup.

— Qui c'est, celui-là ? demande Henrik.

— J'en ai déjà entendu parler, réfléchit Klaes, je crois qu'il est membre du parti nationaliste, un parti très à droite qui n'est pas la tasse de thé de Gunilla. Mais poursuivons !

— Jusqu'à samedi midi, où elle quitte les bureaux de LNS, continue Oscar, elle n'a pas eu d'autre appel, disons, extérieur aux collègues de travail. J'ai considéré que les contacts avec les gens du bureau étaient normaux.

— C'est aller un peu vite en besogne, il ne faut rien exclure, tance Klaes.

— Excuse-moi, Klaes, rougit Oscar en feuilletant ses documents, je te réponds tout de suite : alors samedi matin elle a appelé ses parents, ainsi que Lotta, Göran, Per le stagiaire, et aussi Björn.

— Bien, j'ai noté, s'apaise Klaes, ensuite ?

— A partir de samedi midi, les seuls appels qu'elle a reçus sont ceux de Göran Jacobsson, entre 13 heures 30 et 14 heures, par contre Göran a lancé plusieurs appels entre 18 heures 10 et 21 heures 48 à des numéros non identifiés...

— 21 heures 48 ? s'étonne Klaes, mais à quand est estimé l'accident ?

— Vers 22 heures, intervient Elena.

— Hum...marmonne Klaes.

— Oui, ces appels ont borné dans l'Archipel, l'antenne de Sandhamn.
— Et les autres collègues ? veut savoir Klaes.
— Rien de spécial. Je te laisse les relevés, déclare Oscar qui joignant le geste à la parole pose sa liasse sur la table de Klaes.
— Merci, à plus tard.

Oscar étant sorti, Klaes reprend les commandes :
— Henrik, envoie immédiatement deux gars appréhender Göran et l'amener tout de suite ici en garde à vue, le siège de LNS à Marieberg est à moins de 2 km d'ici, on devrait rapidement l'avoir sous la main pour interrogatoire !
— Si c'est possible, interrompt Tom, ces deux policiers pourraient-ils apporter à Lotta, qui travaille à côté de Göran, l'ustensile d'Elena pour ouvrir le bloc de tiroirs de Gunilla ? on veut ouvrir ce meuble depuis avant-hier !
— Voici pour toi, Henrik, cet ustensile, appuie Elena, donne-le à tes deux policiers, qu'ils ouvrent eux-mêmes ce bloc, Lotta risque de ne pas y arriver.
— Mais on avait parlé de faire signer par LNS une autorisation d'intervention dans leurs locaux, réplique Henrik.
— Il faut parer au plus pressé, fulmine Elena, on dira que c'est Lotta qui a ouvert les tiroirs sur ordre des Lundberg.
— OK, je transmets cet ustensile à mes gars, accepte Henrik.
— Toi, Elena, reprend Klaes, appelle ce type des Affaires Étrangères, prends rendez-vous avec lui à son ministère aujourd'hui si possible, sinon demain matin au plus tard.
— L'office pour Gunilla est demain à 9 heures, interrompt Tom.
— Ah oui, c'est vrai, convient Klaes, alors si c'est demain, disons à 10 heures, non négociable. Au fait je consulte les fiches

téléphoniques, il n'y a pas Björn ou son copain Lars, les filles non plus, comment s'appellent-elles déjà ?
— Lotta et Kerstin, bafouille Tom sous le regard narquois d'Elena.

Klaes saisit son téléphone, appelle Oscar qui lui répond qu'il avait édité les relevés téléphoniques de Björn et ses amis, mais rien de probant, il ne les a pas montrés.

Voulant poursuivre le point de la situation, Klaes s'aperçoit qu'il reste en suspens l'agression contre Tom ce matin au musée Vasa, il fouille sur son bureau, trouve le papier qu'il cherchait et s'adresse à Tom :
— Je suis désolé de ce qu'il t'est arrivé ce matin.
— Merci, répond sobrement Tom.
— Nous avons fait des investigations, interrogé les employés de la cafétéria et de la Sécurité du musée, récupéré les enregistrements des caméras de surveillance. Il en ressort, commente Klaes en triturant sa feuille de notes, que l'agresseur est un type blond et mince, taille moyenne, qui est arrivé 20 minutes avant toi, on l'a repéré sur le parking, nous avons la marque de sa voiture, son numéro d'immatriculation, mais là, mauvaise piste, c'est un véhicule volé hier soir. Il a acheté ensuite ce café au comptoir, il s'est attablé plus loin, a versé un produit dans la tasse, puis il s'est précipité pour te servir, ensuite il a fui vers sa voiture. J'ai ordonné la recherche urgente de ce véhicule, au cas où on pourrait y trouver des indices utiles, mais j'ai peu d'espoir.
— Merci pour cette enquête, Klaes, ajoute Tom que le souvenir de cette tentative d'assassinat échouée d'extrême justesse, rend à nouveau très mal à l'aise.

Klaes décrète judicieusement une pause-café, le temps que Göran soit amené ici pour interrogatoire.

Tom appelle Lotta :
— Tout va bien pour toi, Lotta ? questionne Tom qui a décidé de ne pas évoquer l'attaque dont il a fait l'objet au musée.
— Oui, mais je n'ai toujours pas de clé pour ouvrir ce tiroir.
— Deux policiers vont débarquer chez LNS, ils l'ouvriront à ta place, d'accord ?
— Bien, je te signale aussi que Björn, accompagné de Kerstin et de Lars, est là et discute avec Göran.
— Pourquoi pas ? Dès que tu auras trié les documents de Gunilla, rassemble ceux qui seraient très importants et ne les laisse pas sur le bureau chez LNS, ils sont à communiquer à la police.
— Qu'est-ce que tu appelles « importants » ?
— Ceux où il est question de menaces qu'elle aurait reçues, ou bien ceux reçus juste avant sa disparition, qui pourraient indiquer ce qu'elle avait l'intention de faire samedi dernier dans l'après-midi.
— Bon, je risque de finir un peu tard, alors je déposerai le paquet de documents chez moi à l'abri, mais dis-moi, tu veux bien qu'on se voie ce soir, ou bien es-tu pris ?
— Bien sûr, on peut se voir, avec grand plaisir, comme hier soir. Mais souviens-toi, il y a deux soirs c'était toi qui ne voulais pas, alors j'ai essayé d'organiser un dîner avec Björn, Lars et Kerstin, les deux hommes ont décliné, Kerstin s'est pointée seule.
— D'accord, je comprends, mais la suite de la soirée, je peux l'imaginer toute seule...

— Je ne pensais pas te voir arriver hier matin ainsi vêtue, d'un côté cela m'a beaucoup plu, mais globalement cela a créé une situation pour le moins confuse ! sourit Tom.
— Bon, alors je te retrouve ce soir au Diplomat.

Tom rejoint ensuite l'équipe à la cafétéria de l'étage, ils sont une douzaine de collègues à échanger leurs impressions de la journée, une forme de camaraderie qui interpelle Tom, détective solitaire.

Klaes reçoit un message des policiers passés chez LNS, « nous arrivons dans cinq minutes avec Göran », alors il enjoint à Henrik et Elena de les attendre dans la pièce d'interrogatoire. Il emmène Tom avec lui dans la salle attenante, un local chichement meublé, d'où l'écoute de la discussion sera possible.

Henrik, assisté d'Elena, réceptionne Göran, qui est un peu tendu.
La pièce, au deuxième étage, où ils sont installés pour l'interrogatoire, n'a qu'une fenêtre protégée par une lourde grille extérieure, impossible de se jeter par la fenêtre ou inversement de pénétrer par effraction dans le bâtiment par cette ouverture.
Klaes se tourne vers la pièce d'interrogatoire et donne le feu vert à Henrik.
Göran est assis à une table métallique sur une chaise tout aussi métallique, face à un Henrik à la voix presque aussi métallique…
— Göran, nous avons tes relevés téléphoniques, en particulier ceux de samedi dernier, quel a été ton emploi du temps ?
— Ah c'est très simple, j'ai quitté les bureaux de LNS vers 13 heures, en même temps, si je me souviens bien, que Lotta. Je suis rentré chez moi, comme il pleuvait j'ai préféré y rester, le

soir je suis allé au café en bas de chez moi grignoter un plat avec mon amie, je suis remonté ensuite à mon appartement.
— Bon, nous verrons d'éventuels alibis plus tard...
— Alibis de quoi ? bondit Göran plutôt agressif.
— Ne nous excitons pas, je dis simplement que si nécessaire nous verrons plus tard quels éléments tu peux fournir pour certifier cet emploi du temps. Passons plutôt à ton téléphone...
— J'ai déjà dit hier que j'avais égaré mon téléphone samedi dernier et que je l'ai retrouvé fortuitement lundi sous un meuble au bureau.
— Là il nous faut plus de détails, ton récit est au cœur de l'enquête...
— C'est-à-dire ? coupe Göran.
— Je ne peux pas actuellement te dévoiler des détails de l'enquête, alors réponds du mieux que tu peux si tu ne veux pas être inculpé, précise Henrik plus tranchant. D'abord dis-moi dans quelles circonstances tu as pu le perdre et comment tu as fait pour le retrouver.
— Bien, commence Göran sur un ton plus conciliant, samedi dernier je me rends compte au moment où je range mes affaires avant de partir que ce téléphone n'est plus sur mon bureau, je cherche dans mes tiroirs, sous les dossiers qui jonchent ma table de travail, enfin partout, rien.
— Qui est passé à proximité de ta table ce matin-là ? interroge Elena.
— Euh... eh bien tout le monde qui était dans les bureaux ce matin-là !
— C'est-à-dire ?
— Alors les deux journalistes stagiaires, Gunnar et Per, Lotta, Björn avec sa compagne du jour Kerstin, son pote Lars, ainsi qu'une femme de ménage qui a travaillé la matinée,

d'ailleurs c'est elle qui a trouvé mon téléphone lundi matin sous un meuble à deux mètres de mon bureau.

— Comment s'appelle cette femme de ménage ? depuis quand travaille-t-elle chez LNS ? demande Elena dubitative, le sourcil droit levé.

— Tout le monde l'appelle Camilla, je crois, elle est dans les locaux depuis des années.

— Ouais, marmonne Henrik sceptique, au fait Björn, que faisait-il là ?

— Je crois qu'il avait rendez-vous avec Gunilla, peut-être Lotta pourra confirmer, en tout cas Björn et Gunilla ont discuté ensemble, ils semblaient étudier un dossier. Pendant ce temps Kerstin est venue me parler, plus exactement me draguer, elle est infernale, je crois qu'elle drague tous les mecs, il y a des mecs qui font cela avec les filles, mais l'inverse je n'ai jamais vu cela à ce point, mais bref Lars est venu la chercher car Björn avait terminé avec Gunilla, puis les trois sont partis.

— Les deux stagiaires ?

— On les a parqués sur des tables près de l'entrée, de temps à autre l'un d'eux vient poser des questions pour un article qu'il prépare.

— Lequel est passé te voir ?

— Si je me souviens bien, c'était Per.

Dans la pièce à côté Klaes et Tom se jettent un regard lourd du genre « on n'est pas sorti de l'auberge », que de pistes à vérifier avant d'éclaircir la situation !

Le vibreur de son téléphone sollicite Tom, c'est Lotta, il pianote un message « je ne peux pas te parler », elle répond de la même façon « j'ai quitté le bureau, je vais déposer les documents chez moi, il y a une enveloppe que je n'ai pas ouverte, je ne savais pas si j'avais le droit, à ce soir »

Les enquêteurs n'abandonnent pas :
— Donc lundi, Göran, la femme de ménage passe un balai sous le meuble d'à côté et ton téléphone réapparait, balance Henrik exaspéré.
— Ben oui...
— Tu te moques de nous ? questionne Elena.
— Je n'en sais pas plus, désolé...je peux repartir ?
— Reste là, on revient.

Les deux policiers sortent, pour aller retrouver Klaes et Tom dans le bureau voisin :
— Il m'énerve ce type, lance Henrik juché sur un coin de bureau.
— Les suspects, avance prudemment Tom, sont nombreux : Göran, ainsi que Per, Lars, Kerstin, qui sont passés à proximité du bureau de Göran.
— Bravo Tom, lance un peu excédée Elena, c'est bien que tu aies écarté au moins Gunilla de ta liste de suspects...
— Excuse-moi, répond Tom qui ne réagit pas à la pique d'Elena, je voulais juste dire que Göran a une explication tellement nulle que cela l'innocente presque. Quant à Per, il faudrait connaître ses antécédents. Kerstin et Lars, eux, roulent-ils plutôt pour Björn, mais vers où ?
— On ne joue pas aux devinettes ici, tonne Klaes, Henrik trouve-moi les fiches qu'on a sur Göran, Per, Lars, Lotta, Kerstin, et Björn tant qu'à faire.

Elena retourne dans la pièce où attend Göran, surveillé par un policier :

— On t'emmène dans une cellule pour la nuit, si quelque chose te revient, tu nous fais signe, allez, lâche Elena et s'adressant au garde, conduis-le en cellule.
— Qu'est-ce qui pourrait me revenir, interroge Göran ?
— Par exemple où étais-tu quand ton téléphone a borné vers 21 heures près de Sandhamn peut-être une heure avant que le bateau de Gunilla ne coule ?
— Tu peux me garder ici vingt ans, Elena, je t'ai déjà dit que j'étais chez moi.
— Alors bonne nuit.

CHAPITRE 14

Klaes a fait venir des sandwichs et des bières, il est 19 heures.

Les traits des policiers sont tirés, la fatigue et la nervosité les rendent un peu agressifs, il faut que l'enquête progresse !

Oscar arrive avec les fiches demandées par Klaes.
Il les répartit entre les deux enquêteurs :
— Lisez, retenez l'essentiel, je veux dire tout ce qui peut avoir un sens : leur lieu de naissance, leurs opinions politiques, leur métier, leur famille !
— Ok patron, je peux commencer ? fait Elena, qui avait déjà saisi sa première fiche.
— Oui, répond Klaes, étonné de la rapidité.
— Alors la fiche de Per Nolgard: rien, *nada, nichts*, le gars a 22 ans, pas d'opinion politique, né à Stockholm, célibataire, les parents habitent à Uppsala, ils ont un gros commerce sur Kungsgatan, lui vit à Stockholm et travaille chez LNS, rien !

— A moi, relance Henrik, la fiche de Lotta : rien, idem Per, secrétaire, 29 ans, peu de voyages, pas de visas « exotiques » sur son passeport, pas d'opinion politique particulière, les parents vivent...euh, tiens, aussi à Uppsala, et j'ajouterais « fréquente un Français qui fait en ce moment une enquête ici », terminant avec un sourire pour Tom qui grimace.

— Je continue, propose Elena qui ne relève pas la boutade de Henrik, la fiche de Göran : il est né à Malmö, ainsi que ses parents, tous militent pour le parti socialiste, il a beaucoup voyagé en Europe et aux États-Unis, il a travaillé pour le journal Dagens Nyheter, avant de rejoindre son concurrent LNS il y a cinq ans. Sa femme Annelie, une fille Lundberg, est décédée dans un grave accident de cheval.

— Cet accident a déclenché une enquête qui a duré une seule journée, intervient Tom sous le regard furieux d'Elena.

— Oui, Tom a insisté, il y a deux jours pour que je l'emmène à Gustavsberg consulter le dossier de l'enquête, marmonne Elena.

— Et alors ? s'énerve Klaes, les sourcils en accent circonflexe.

— Il se trouve, poursuit Tom, que dans le dossier, clôturé en quelques heures par un certain...

— Peter Sandberg, policier ici chez nous...précise Elena.

— Voilà, Peter Sandberg donc, reprend Tom, il s'est rajouté dans ce dossier, un mois après l'accident, deux dépositions, l'une d'un palefrenier du centre hippique, l'autre du directeur du centre, qui n'ont jamais été prises en compte, laissant pourtant planer un doute sur le caractère accidentel de la chute de cheval.

Silence général ponctué de soupirs, Klaes réfléchit, comment insérer cette histoire ancienne dans l'enquête actuelle ?

— Tu en penses quoi, Tom ?

— Que ce n'est pas impossible qu'il s'agisse d'un meurtre, la selle du cheval a été trafiquée pour que le cheval s'emballe, personne ne sait qui a été le premier à côté d'Annelie. Officiellement elle a heurté sa tête contre un rocher, mais à l'endroit de la chute il n'y a pas de rocher, sinon un gros caillou tenant dans la main, plein de sang, retrouvé à deux mètres du corps.

— Les soupçons pèseraient sur qui ? balbutie Klaes déboussolé.

— Je voulais interroger le directeur et des employés, mais nous n'avons pas eu encore le temps, n'est-ce pas, Elena ?

— Euh non, marmonne Elena, les joues en feu.

— Peut-on faire une enquête interne sur Peter Sandberg ? balance Tom impavide.

— Henrik, ordonne Klaes, demande à un de tes gars de faire des recherches en ce sens, y compris relevés téléphoniques, et maintenant poursuivons avec nos fiches!

— A moi, reprend Elena, la fiche de Lars : il a 43 ans, célibataire, c'est un copain de Björn qu'il a connu au lycée à Stockholm. Il est concessionnaire de marques automobiles allemandes, avec une particularité quand même : il est né à Kaliningrad où son père travaillait. Je n'ai pas d'informations sur le job du père, sa mère était russe, Lars parle russe, il a quitté l'enclave de Kaliningrad à l'âge de 12 ans pour vivre en Suède avec son père à Malmö, tiens, il aurait pu rencontrer Göran ? bon, je poursuis, il commence à travailler dans un garage, puis vend des voitures et finit avec une grosse concession auto à Solna, banlieue de Stockholm. Ah aussi, côté politique, il milite aux Démocrates Suédois, plutôt extrême droite, mais pour le reste c'est lisse.

— A moi le morceau de choix, lance Henrik qui fait rire tout le monde, la fiche de Kerstin : 36 ans, superbe fille, magnifiques cheveux roux, sourire carnassier...

— On se calme, gronde Klaes, on cause de la fiche, pas de tes fantasmes.

— Désolé, je reprends, 36 ans, journaliste free-lance, travaille notamment chez LNS, célibataire, pas d'activité politique affichée, sort surtout avec ses collègues de travail dont Björn avec qui elle a vécu quelques mois, pas de …d'autre métier (ce qui provoque l'hilarité générale), née à Stockholm, a côtoyé les politiciens, peut-être même l'entourage du roi, mais finalement rien de probant !

— On finit avec Björn, termine Elena : 43 ans aussi, journaliste, n'est pas fiché dans un parti politique, né en Suisse où ses parents habitaient, revient avec eux en Suède à l'âge de 8 ans, études de journalisme et d'économie ici et en France aussi à la Sorbonne, travaille d'abord chez la concurrence, Aftonbladet, sinon rien, à part le fait qu'il réussit à se marier avec Gunilla, le jackpot, enfin façon de parler.

— Bien, on a fait le tour, commente Klaes avec un soupir, je ne sais pas si on est plus avancé, dans l'ensemble c'est lisse, sauf peut-être Göran, que nous avons sous la main.

Elena informe Klaes qu'elle a reçu un message « rendez-vous confirmé demain à 10 heures au ministère des Affaires Étrangères avec Leif Tollerup », Klaes approuve, tandis que Henrik reçoit un appel de son adjoint envoyé avec une chaussure à Runmarö :

— Chef, la chaussure retrouvée sur le bateau est de marque Ecco, une des marques préférées de Gunilla selon la gouvernante qui s'occupe de la maison de Runmarö, c'est sa pointure, du 39. Elle a ajouté que c'est une paire récente qu'elle pouvait porter le week-end dernier, mais au fait, Chef, l'épave a bien été identifiée par la police scientifique comme appartenant à Mats ?

— Bon sang de bonsoir, bonne question, rugit Klaes qui a suivi la conversation, il se tourne vers Elena : as-tu identifié ce bateau ?

— Euh non, murmure Elena penaude, qui est prise à contre-pied et cherche du regard l'aide de Tom, saisi soudain d'une terrible angoisse, à l'idée d'avoir déployé tous ces efforts pendant ces deux derniers jours pour repêcher un bateau qui n'était finalement pas celui de Mats.

— On pourrait appeler tout de suite Ingmar Sandler, le chef de l'équipe de la police scientifique, bredouille Tom qui vient à la rescousse d'Elena, il a bien dû noter ce genre de détails, parce que nous-mêmes nous cherchions plutôt des indices de l'accident.

Elena bondit sur son téléphone, sous l'œil courroucé de Klaes qui manifeste son mécontentement de voir son enquêtrice incapable de présenter le rapport complet de cet Ingmar Sandler :

— Ingmar, c'est Elena Wijkander, on s'est vu ce jour à Djurö, au fait comment va ta blessure au bras, tu as pu te faire soigner ?

— Ce n'est rien, merci, j'ai évité le pire, toi aussi, toi surtout ! la balle de Kalashnikov est passée à une vingtaine de centimètres de ta tête !

— Oui, mais je t'appelle pour savoir si tu as déjà ton rapport de prêt, lance Elena, secrètement contente d'avoir indirectement montré à Klaes qu'elle a pris des risques cet après-midi, elle ne se tournait pas les pouces comme son chef qui est resté paisiblement au quartier général.

— Non, tu l'auras demain.

— Aïe, Ingmar, il y a urgence, j'ai une question à te poser, est-ce que tu as sous les yeux les notes prises par toi ou tes adjoints ?

— Les notes, oui, je les ai sous les yeux, là, sur mon bureau, mais pas mises en ordre.

— Est-ce que tu pourrais les feuilleter et me dire si l'épave portait des marques susceptibles de conduire à l'identification du propriétaire ?

— Attends voir, un instant...oui, ...alors déjà un numéro sur le côté droit de la coque à l'avant, mais inexploitable, illisible, il restait des signes de lettres et de chiffres, non cette piste ne vaut rien, sinon bien sûr peinture blanche, mais sans intérêt, ah aussi des initiales sur le tableau de bord, ou ce qu'il en restait après le choc, des initiales peu lisibles mais d'après mon adjoint il penche pour « MH », mais maintenant qu'elle est détruite, c'est trop tard pour approfondir.

— « MH », tu dis ?

— Oui, confirme Ingmar.

— Bien, restons-en là, merci, Ingmar, bonne soirée et merci.

Elena triomphante se tourne vers Klaes : « et voilà le travail, Chef ! ».

Klaes sourit à Elena, la gratifie d'un « Bien joué », mais s'assombrit aussitôt :

— Supposons qu'il s'agisse bien du bateau de Mats Hellman et de la chaussure de Gunilla, reste à savoir si elle l'a perdue samedi soir ou un jour antérieur. Si c'est samedi soir, on peut penser qu'elle est morte...

— Morte noyée, je ne pense pas, intervient Elena, son corps aurait dérivé comme celui de Mats vers Trouville, donc elle est soit morte tuée par les fauteurs de l'accident, soit vivante et séquestrée !

— Mais cela ne nous dit pas si l'accid…ah excusez-moi, j'ai un appel de Magnus, coupe Klaes.

— Bonsoir c'est Magnus.

— Alors tu es bien arrivé à Oslo ? demande Klaes.

— Oui, tout s'est bien passé, le labo est sur la route de l'aéroport, ils m'attendaient à l'arrivée, un peu avant 18 heures, les échantillons sont en cours d'analyse, mais nous n'aurons les résultats que demain dans la journée, est-ce que je dois rester à Oslo ?

— Non, tu peux rentrer dès que tu auras un vol, répond Klaes, dis juste à Knut Solberg de m'appeler dès qu'il disposera de résultats fiables.

Ils se regardent tous, l'affaire n'avance pas :

— Moi, j'aimerais bien enquêter pour savoir d'où sortent ces équipes qui nous ont attaqués, s'interroge Elena.

— Nous avons affaire à une organisation structurée, pas à des petits malfrats, la liste de telles organisations n'est pas si longue, avance Henrik à fleuret moucheté.

— Oui, d'accord une organisation, mais avec un lien chez LNS, la clé est là ! propose Tom.

— Tu veux dire une complicité ? bougonne Henrik, les sourcils froncés.

— C'est peut-être exagéré, disons des fuites ? tente de réfléchir Klaes.

— Je pencherais volontiers pour une complicité, ils savent chaque fois notre programme du lendemain, balance Tom.

— Alors par où orientons-nous nos recherches ? demande Henrik en charge du dossier.

— Je ne sais pas, convient Klaes, pour ce soir nous allons en rester là, demain matin réunion ici à 8 heures. Henrik, tu feras libérer Göran demain après notre réunion s'il n'y a pas d'éléments nouveaux contre lui. Quant au programme de la journée : d'abord l'office à la Storkyrkan à 9 heures, puis rendez-vous avec Leif Tollerup à 10 heures. Au fait, cette Lotta a trié les papiers du bureau de Gunilla ? se souvient Klaes.

— Oui, répond Tom sur le champ, elle a classé ce qui pouvait nous intéresser, elle m'a juste écrit qu'elle n'avait pas ouvert une lettre, ne se sentant pas habilitée à le faire.

— Où sont ces documents ? gronde Klaes.

— Elle les a emportés chez elle, car il y avait du monde dans les locaux de LNS.

— Pas très malin, jette Henrik, dis-lui de les rapporter ici demain matin à la première heure.

— Je la vois ce soir, je lui dirai, murmure Tom.

— Tu prends des cours de suédois ? glisse Klaes sceptique, en tout cas n'égare pas ces lettres.

On lève le camp pour ce soir, on plie bagage. Elena propose gentiment à Tom de le déposer à son hôtel, « volontiers » sourit Tom.

La route n'est pas longue, Tom a juste le temps de demander des éclaircissements concernant le programme de demain :

— Je suis sensé assister à l'office ? questionne Tom, peu emballé à cette idée.

— Ce serait mieux, les Lundberg ont sympathisé avec toi hier, dit Elena.

— Je ne vais rien comprendre aux discours, ils seront tous en suédois.

— L'essentiel est juste de saluer les Lundberg au passage, du reste il va y avoir du monde, la plupart des gens de LNS de Stockholm, Malmö, Göteborg et Uppsala, sans oublier des politiciens de tous bords.

— Et après ?

— Tu viens avec moi voir ce Tollerup, peut-être Henrik sera avec nous.

— Et après ?

— Je ne sais pas, on verra demain vers 8 heures au bureau comment traiter la suite.

— Ok, ah on arrive, tu peux me laisser là, j'ai cent mètres à marcher, merci, Elena, à demain matin.

CHAPITRE 15

Tom s'engouffre dans le hall du Diplomat et se dirige vers l'ascenseur, l'employé de la réception, Ahmad ou Sardar ? l'interpelle, « madame Randal vous attend au restaurant de l'hôtel », ce qui donne toujours à Tom un frisson dans le dos, il pivote sur ses talons, fait un signe de remerciement à l'Afghan, se dirige vers le restaurant tout guilleret.

Lotta est assise gentiment à une table, elle se lève avec vivacité, tout sourire elle vient se jeter dans ses bras, habillée d'un chemisier blanc assorti à une jupe noire courte, légèrement fendue sur le côté. Tom garde en tête l'imperméable de l'autre matin:

— Excuse-moi, dit Tom avec un sourire contrit, je suis très en retard, je sors d'une réunion au siège de la police.

— Je t'attendais, murmure Lotta qui a failli dire « je t'attendrai le temps qu'il faudra »…

— Asseyons-nous, je veux d'abord régler une question de boulot, après la soirée sera à nous, donc ces papiers sont chez toi ?
— Oui.
— A part cette enveloppe, des documents importants ?
— Non, des courriers surtout, en particulier de deux ministères.
— Lesquels ?
— Le ministère de la Défense et le ministère des Affaires Étrangères.
— Tu te souviens du contenu de ces lettres ?
— Vaguement, il s'agissait essentiellement de prises de rendez-vous pour des interviews.
— Tu te souviens du nom de l'interlocuteur aux Affaires Étrangères ?
— Non, mais ce sera facile à vérifier.
— L'enveloppe ? elle est datée de quand ?
— Je me souviens juste du tampon rouge de réception chez LNS, la date était de samedi dernier, elle avait été ouverte mais ensuite Gunilla a sans doute voulu la refermer, elle a mis un adhésif tout le long, donc elle est « fermée », je n'ai pas voulu y toucher.
— C'est peut-être notre dernière piste importante, surtout si c'est l'élément déclencheur qui a décidé Gunilla à partir dès samedi midi. Il faudrait que tu ailles en priorité la chercher, la photographier ainsi que l'enveloppe, puis m'envoyer par SMS ces documents.
— Tu veux que j'y aille tout de suite ?
— Oh non, ce sera pareil demain matin, Elena vient me chercher à 7 heures 45, on a une réunion à 8 heures avec Klaes, ce serait bien si tu allais demain matin avant 8 heures chez toi,

de façon à ce que j'aie ces documents à temps pour notre réunion.
— Comme tu veux, sinon je peux y aller dès maintenant…
— Maintenant je veux être avec toi, si tu veux bien, sourit Tom.

On ne sait pas toujours quand une petite décision entraine un grand évènement, la vie serait trop simple…

Ils sont assis à leur table, les yeux dans les yeux, leurs mains s'étreignent, ils ne parlent pas, ils se nourrissent de cet instant.

Un serveur vient aux nouvelles, avec une carte :
— Tu as déjà mangé quelque chose, Lotta ? demande Tom.
— Non, je t'attendais.
— C'est gentil, sourit Tom, qui s'adresse ensuite au serveur, je vais prendre des meatballs.
— Moi, une omelette, décide-t-elle.

Une fois le serveur reparti, il reprend les mains de Lotta dans les siennes, plonge dans son regard sans un mot, ou plutôt sans dire les mots qui n'arrivent pas à franchir ses lèvres. Non, pas ici au restaurant, on verra dans la chambre, pense Tom.

Il doit bien être déjà 22 heures quand ils entrent dans leur chambre 323 en se serrant l'un contre l'autre.

Au milieu de la pièce Lotta entreprend de déshabiller lentement Tom, c'en est presque un supplice pour lui qui n'est pas autorisé à bouger, elle en profite pour le caresser, ils n'ont pas allumé de lampe, c'est la pleine lune qui se charge d'éclairer la scène par les baies vitrées.

Tom, une fois nu, peut enfin poser ses mains sur le corps de Lotta, frôlant le chemisier échancré, caressant ses fesses sous la jupe courte.

Cette jupe ne résiste pas longtemps, il reste cependant un string qui affole Tom, ah oui, il y a aussi ce chemisier dont il commence à défaire les boutons, les petits seins espiègles s'échappent du chemisier ouvert, Tom les saisit et les flatte, puis il passe ses mains sur les fesses dures et rondes de Lotta, des fesses que le string a renoncé à recouvrir, d'un geste décidé il passe sa main entre les cuisses entrouvertes, caresse le pubis rasé de ses doigts tremblants et hardis, lance une reconnaissance entre les lèvres offertes, puis il soulève Lotta et va la déposer sur le lit.

Plus tard dans la nuit ils se sont levés, toujours nus, pour boire de l'eau. Ils sont allés à une des baies vitrées, se tenant l'un contre l'autre, pour admirer l'eau noire de la rade jeter des éclats de lune sur la ville.

Encore plus tard, ils se sont à nouveau levés, près d'une autre baie vitrée ils se sont regardés longuement, les mains de chacun errant sur le corps de l'autre, sous l'œil indiscret de la lune qui n'en finit pas de se prendre pour le soleil blafard de la nuit.

Vers six heures, le soleil a gagné son combat contre la lune, il a embrasé la rade de mille feux.

Ils sont debout en silence, à observer cette ville qui leur offre son hospitalité.

Serrés nus l'un contre l'autre, ils ne peuvent plus se lâcher. Dehors le quai, désert toute la nuit, accueille maintenant ses premiers passants, silhouettes encapuchonnées, martelant le trottoir d'un pas pressé.

Tom sent qu'il faut libérer ces mots, ils ne sont pas nombreux au bord de ses lèvres, peut-être trois, il entrouvre la bouche, passe sa langue pour humecter ses lèvres, il va parler, ses lèvres bougent mais pas un son n'ose sortir de sa bouche, il s'abandonne au regard de Lotta qui lui sourit et lui murmure « moi aussi ».

Un passant s'est arrêté au spectacle de ces deux corps enlacés au troisième étage, derrière la baie vitrée, Tom s'en aperçoit, il emporte Lotta dans ses bras vers le lit.

CHAPITRE 16

Le matin règne à nouveau sur la ville en ce vendredi, le bruit de fond lancinant de la circulation, l'heure qui tourne soudain trop vite, c'est la roue du temps qui les entraîne maintenant inexorablement.

Lotta est allée prendre une douche. Tom commande le petit déjeuner, qui sera le bienvenu.

On frappe à la porte, c'est le serveur, il lance bien sûr un sonore « bonjour monsieur et...madame Randal » après avoir vérifié d'un coup d'œil circulaire que ce matin le singulier est de circonstance.

Puis Tom, une fois rassasié, prend sa douche. Quand il en sort, Lotta est déjà habillée, ce qui donne envie à Tom de la déshabiller, « non, Tom, nous ne serons pas à l'heure » rit Lotta resplendissante.

Il est 7 heures 30, quand Lotta est prête à partir. Tom fait mine de la retenir, elle rit dans ses bras, « je te revois quand ? » demande Lotta, « je ne te laisse pas partir » réplique Tom, elle rit plus fort encore…

Vivre chaque jour comme si c'était le dernier…

Une angoisse sourde étreint Tom, hier, à peu près à la même heure, il partait au musée Vasa…il n'en a pas parlé à Lotta.

Il l'accompagne sur le pas de la porte de la chambre, l'embrasse, elle lui sourit, il la regarde disparaître au fond du couloir.

Dans le hall de l'hôtel, à l'écart de la réception, assis dans un fauteuil, caché de la sortie de l'ascenseur par une magnifique plante verte, un homme attend discrètement sa proie, il est prêt à bondir. Il est vêtu d'un polo, d'un jean et d'un blouson de cuir, il porte une casquette de base-ball enfoncée sur la tête. Il cultive une petite ressemblance avec l'acteur danois Mads Mikkelsen.

Lotta débouche de l'ascenseur d'un pas déterminé, le sourire de la chambre 323 n'a pas encore quitté ses lèvres, elle sort sur les quais, prend à droite sur Strandvägen, elle n'a jamais révélé à Tom son adresse, pourquoi ? mais cela n'a aucune importance, en fait elle habite assez près du Diplomat, elle s'avance d'un pas assuré, on dirait qu'elle va s'envoler, ou plutôt qu'elle marche comme la Gradiva de Freud, un pur enchantement, sa jupe virevoltante participe à la fête.

Loin derrière, l'homme la suit.

Tout au long de Strandvägen, elle parle au téléphone avec sa sœur Liv, elle se confie, rayonnante. Sur le quai les voitures passent à vive allure.

Elle s'engage dans Birger Jarlsgatan, elle sait que Birger Magnusson a fondé Stockholm dans les années 1200, qu'il est devenu « Jarl », c'est-à-dire comte. Il faudra qu'elle explique tout cela à Tom, puis elle bifurque à droite dans sa rue, Riddargatan.

Elle habite au deuxième étage d'un immeuble récent de couleur beige, dans un studio dont les fenêtres donnent sur la rue.
Elle décide de prendre l'escalier, d'une foulée pressée. Elle s'étonne de ne pas avoir entendu le claquement de la porte de l'immeuble qui aurait dû se fermer avec un grand bruit après son passage.

Elle entre dans son studio, jette son sac sur une commode, va à la table qui lui sert pour les repas, mais aussi comme bureau. Elle saisit le paquet de documents de LNS, retrouve l'enveloppe, enlève l'adhésif pour l'ouvrir, la lettre est écrite recto verso, elle photographie avec son smartphone l'enveloppe et les deux côtés de la lettre, puis elle envoie les trois photos à Tom.

Elle va à sa fenêtre jeter un regard dehors, le soleil est de la partie mais la météo n'est pas trop optimiste.
Elle se revoit avec Tom la nuit passée, elle soupire.

Elle se souvient de la demande de Tom concernant le nom du fonctionnaire au ministère des Affaires Étrangères, alors elle fouille dans les autres documents sur sa table, finit par découvrir la lettre en question, elle la photographie aussi. Comme elle se sent gaie, contente de pouvoir aider Tom, elle fait même un selfie qu'elle ajoute à l'envoi.

Par mesure de sécurité elle choisit quand même d'appeler Tom pour vérifier qu'il a bien reçu les photos, surtout celles de la lettre que Gunilla avait refermée.

Tom prend l'appel :
— C'est bon, merci, Lotta, bien reçu tes photos, j'ai transmis à Elena, je suis d'ailleurs en voiture avec elle, on quitte le Diplomat. Et merci pour ton selfie !
— Bien, je…attends, on sonne, je vais juste voir ce que c'est, j'ouvre…ah c'est t…

La communication est coupée, Tom s'affole :
— Elle a voulu dire quoi ? quel bruit ! quelqu'un l'aurait frappée, Elena, on fait quoi ? Elena, on ne peut pas la laisser ainsi !
— Tu as son adresse ?
— Non.
— J'appelle chez LNS.

Il se passe bien vingt minutes avant qu'elle ne trouve quelqu'un chez LNS qui accepte de donner cette adresse. À cause des problèmes de confidentialité, Elena a été obligée de s'identifier, car l'employé de LNS voulait d'abord vérifier avec la police de Stockholm si l'identité d'Elena était exacte.

Tom devient extrêmement nerveux, elle finit quand même par avoir l'information, « c'est tout près, on y va », elle démarre à toute allure.

En arrivant au numéro 12 de la Riddargatan, ils constatent qu'une voiture de police stationne déjà dans la rue devant l'entrée de l'immeuble, barrée par un policier en uniforme.

Elena jaillit de sa voiture garée en double file, bondit vers l'entrée, montre sa carte de police, le policier en faction lui indique qu'ils ont été alertés par des voisins effrayés par des cris, alors qu'ils étaient en train de patrouiller tout près dans Birger Jarlsgatan.

Le policier de garde à la porte de l'immeuble ajoute que son chef de patrouille est sur les lieux, attendant l'arrivée des secours, pour le reste il n'en sait pas plus.

Elena retourne voir Tom, lui ordonne de rester dans la voiture, puis elle revient vers l'immeuble, informant au passage le policier de faction qu'elle va monter au deuxième étage.

Elle sait par expérience que le dispositif en place incite au pessimisme quant à ce qu'elle va découvrir. La porte est entrouverte, un autre policier de surveillance l'oblige à s'identifier, puis elle entre.

Le chef de patrouille la reconnait, « ce n'est pas beau à voir, Elena » lui dit-il, elle découvre le corps de Lotta sur le lit, elle hoche la tête comme pour faire non, ce n'est pas possible, elle va à la fenêtre, en bas Tom est toujours assis dans la voiture, comment lui annoncer ? le courage lui manque.

Pour se ressaisir, elle se met à chercher les documents que détenait Lotta, en particulier ceux qu'elle venait de transmettre à Tom, mais la table est vide, rien, elle continue à fouiller partout, mais non, rien.

Le chef de patrouille l'informe en détail de tout ce qu'il a constaté dans l'appartement, Elena le remercie, elle quitte les lieux le cœur lourd, un long quart d'heure s'est écoulé depuis qu'elle était entrée.

Elle redescend, les épaules basses, un véhicule de secours qui vient d'arriver est en train de se garer.
Elle se dirige vers Tom qui, n'en pouvant plus, est sorti de la voiture, elle l'enserre dans ses bras, Tom se rebiffe, « que s'est-il passé, je veux savoir », elle le tient fermement :
— Tom, sois courageux, Lotta est morte.
— Non, ce n'est pas vrai, c'est impossible, crie Tom qui tremble de tout son corps.

Elle laisse passer un moment, le temps que Tom se calme : il respire fort comme si l'air allait lui manquer, il veut se dégager de l'étreinte d'Elena mais celle-ci le maintient fermement, sinon il pourrait foncer vers l'entrée, bousculer le garde devant la porte et monter à l'étage. Très musclée, même si sa silhouette élancée ne le laisse pas penser, elle le bloque sans peine contre la voiture. Tom ne parvient pas à se dégager, il finit par avoir peur d'aller dans l'immeuble à la rencontre de la vérité.

Elena préfère lui expliquer, même si ses paroles vont être dures :
— Tom, elle a été étranglée.
— Quoi, comment est-ce possible ? et par qui ?
— Il n'y avait personne d'autre dans le studio, on l'a trouvée sur son lit, nue, allongée face contre le lit, les mains attachées dans le dos avec un lien plastique, un mouchoir enfoncé

dans sa bouche. Les marques de strangulation sur le cou sont bien visibles. Il semble d'après le collègue sur place qu'elle aurait aussi été torturée, je n'en sais pas plus pour l'instant, l'agresseur a dû quitter l'immeuble quelques minutes à peine avant l'arrivée de mes collègues. Les documents qu'elle avait ramenés de chez LNS ne sont plus là.

Tom n'arrive pas à réprimer ses tremblements, il s'effondre dans les bras d'Elena qui ouvre la portière de la voiture et le laisse glisser sur son siège.
Il ne bouge plus, il est blanc comme un linge :
— Je ne veux pas que tu la voies, lui murmure-t-elle, je te l'interdis, ce n'est pas ce souvenir que tu dois garder d'elle, nous ne pouvons plus rien faire pour elle, des ambulanciers vont prendre soin de son corps, je te garde avec moi, on va faire un très gros effort, il faut s'accrocher, cette journée sera dure.

Elena appelle Klaes, lui explique la situation : elle se demande si l'auteur est un membre des commandos qui ont déjà attaqué, « très possible » rétorque Klaes, « mais pour l'instant laissons toutes les options ouvertes ».

CHAPITRE 17

L'alerte est lancée concernant l'agresseur, il faut le retrouver à tout prix, « pas de quartier, tirez sans sommation ! », ajoute Tom qui écoute la conversation en anglais. Puis Elena envoie à Klaes les photos de la lettre que Tom avait reçues de Lotta.

Tom sent une colère froide le submerger, une envie de tuer sans hésitation, « pas de quartier » se répète-t-il.

Il est trop tard pour aller assister à la réunion de 8 heures au quartier général de la police, il est déjà 8 heures 45, alors on se donne rendez-vous devant la Storkyrkan, la Grande Église, la cathédrale luthérienne, pour l'office de 9 heures.

Ils se garent à 8 heures 55 sur le côté de l'église, passent devant les parents Lundberg qui accueillent d'un mouvement de la tête les personnes venant honorer Gunilla, dont la disparition n'a pourtant pas été élucidée.

Gittan Lundberg s'avance vers Tom, le serre dans ses bras pour le remercier de ce qu'il fait pour élucider la disparition de Gunilla, elle n'est pas encore au courant du meurtre de son employée Lotta. Tom qui pense précisément à Lotta a du mal à contenir ses larmes.

Klaes qui attendait sur le parvis à côté des Lundberg saisit le bras d'Elena, « cette lettre, c'est la pièce qui nous manquait, heureusement qu'elle n'a pas été détruite, je ne sais pas comment remercier Lotta qui a payé de sa vie ce geste ».

Tom qui entend cette phrase de Klaes songe à sa propre remarque, la veille au soir au restaurant, suggérant à Lotta d'attendre le lendemain pour chercher cette fameuse lettre, il se convainc de sa culpabilité, ce sentiment l'étouffe, il s'écarte pour s'isoler, mais Elena, qui le voit perdre pied, revient vers lui, elle l'emmène dans la cathédrale.

Elle ajoute :« Klaes m'a dit que nous n'assisterons qu'au début de la cérémonie, ensuite nous sortirons pour faire le point avant l'entretien suivant à 10 heures avec Tollerup ».

Les policiers et Tom s'installent au fond, pour pouvoir s'éclipser discrètement au bout d'une petite demi-heure.

La cathédrale se remplit : employés de LNS, politiciens, journalistes, des amis de la famille aussi.

Tom s'est assis seul, au tout dernier rang, penché en avant, la tête entre les mains, essayant de se calmer.
Elena vient s'asseoir à côté de lui, lui met son bras autour des épaules. Histoire de lui changer les idées elle lui chuchote

que cette église a un style très particulier, gothique de brique, qu'on trouve beaucoup dans le Nord de l'Allemagne et autour de la mer Baltique. Tom n'en a vraiment que faire, il faut qu'il se reprenne de toute urgence.

Elle lui demande aussi s'il a vu le portrait de Gunilla devant l'autel, Tom hoche la tête de façon affirmative.

La cérémonie a débuté depuis un moment, pasteur, famille, officiels enchaînent les discours d'où il ressort que la plupart des intervenants gardent espoir tant qu'on n'aura pas de terrible nouvelle.
Klaes et Henrik se lèvent discrètement vers la sortie, font signe à leurs deux enquêteurs de s'en aller avec eux.

Dehors Klaes aperçoit à deux pas un bistrot, le Sjkanakafé, où ils s'attablent à l'écart, Klaes sort une copie de la lettre adressée à Gunilla, qu'il a fait imprimer d'après les photos de Lotta, il la lit avec solennité aux trois autres en la traduisant en anglais:
— « Madame, je suis un fidèle lecteur de votre journal, j'apprécie beaucoup vos idées. J'habite dans l'Archipel une petite île, qui n'a pas d'autre nom que celui que je lui ai donné, quand j'y ai pris ma retraite. Je la tiens de mon père qui l'avait achetée il y a plus de cinquante ans. J'ai un petit bateau avec lequel je navigue dans les alentours, parfois il m'arrive d'accoster sur un caillou inhabité, parfois sur un îlot habité mais dont la maison est fermée. C'est ainsi que j'ai repéré un jour une île bizarre, elle est à la limite de l'Archipel vers la haute mer, si on peut parler ainsi de la Baltique, si peu profonde. C'est un îlot dont j'estime la taille à peut-être 300 mètres de long maximum sur 200 mètres de large tout au plus, ressemblant à un grand dôme rocheux, vaguement plat au sommet, surmonté d'une

vieille maison en pierre qui a l'air abandonnée, mais elle ne l'est pas. Les roches sont si sombres que je surnomme cette île Svartö, l'île Noire, vous savez, comme dans une des aventures de Tintin. La curiosité m'a incité une fois à accoster à un petit ponton vermoulu, j'ai grimpé au sommet du dôme, j'ai voulu jeter un œil à l'intérieur, tous les volets étaient fermés, mais il y avait de gros bruits de moteurs, j'entendais une discussion animée d'hommes parlant une langue étrangère, je dirais une langue slave, je ne sais pas, j'ai préféré plier bagage. Un autre jour, j'ai fait le tour de l'île avec mon bateau, ma stupeur a été grande quand j'ai découvert une grotte, certes pas très haute, quelques mètres à peine, dans laquelle la mer s'engouffrait avec un bruit d'enfer, d'où venait le même bruit de moteurs. Je suis parti en vitesse, j'étais déjà à plus de 500 mètres, en train de doubler un îlot, en me retournant une dernière fois, je vous jure que j'ai vu un sous-marin de taille moyenne sortir de la grotte et plonger tout de suite, cela a été l'affaire de quelques secondes. Je ne suis certainement pas le premier à le voir, mais peut-être le premier à porter ce fait à la connaissance de la brillante journaliste que vous êtes ». La lettre se termine, conclut Klaes, par une formule de politesse, signée Pelle Skog, complétée par les coordonnées GPS de l'île de ce Skog ainsi que de cet îlot, qu'il surnomme Svartö. Voilà pour la lettre, j'ajoute que l'enveloppe porte le tampon de réception chez LNS daté de samedi dernier matin.

Chacun a subi un choc, c'est une information capitale qui va changer le déroulement de l'enquête.

Klaes reprend la direction des opérations :
— Résumons la situation : tout d'abord concernant le meurtre de Lotta, qui s'occupe de l'enquête ?

— Mon adjoint l'inspecteur Harald Hansson est sur place, intervient Henrik, il interroge rapidement les voisins pour avoir un portrait-robot de l'agresseur.

— A tout hasard qu'il montre aussi des photos de Björn, Göran, Lars, histoire de voir si un voisin ou un commerçant de la rue réagit : l'agresseur n'est sans doute pas sorti juste en flânant, il devait foncer dans la rue, d'ailleurs il faut aussi poser des questions sur une voiture ou une moto qui aurait démarré sur les chapeaux de roues.

— Je lui transmets tout de suite, confirme Henrik.

— Mais quand Göran est-il sorti de garde à vue ? demande Tom qui refait lentement surface.

— Bon sang, grogne Klaes, où suis-je ? c'est vrai, Tom, Göran a été libéré ce matin à 8h30, sans avoir d'ailleurs avoué quoi que ce soit, donc pour le meurtre vers 8 heures c'est un peu juste. Mes excuses ! Ensuite, Henrik, tu vas t'occuper tout de suite de faire convoquer en garde à vue Björn et Lars, ainsi que Kerstin, pour vérifier à nouveau leur emploi du temps de ce samedi matin.

— J'ai vu Kerstin non loin du parvis, elle a préféré ne pas s'afficher avec le mari de Gunilla dans l'église. J'envoie un autre inspecteur, c'est Anders Odenberg qui est tout près d'ici, il va la faire emmener par un policier au quartier général, tandis que lui-même attendra la fin de l'office pour appréhender Björn.

— Et Lars ? s'insinue Tom.

— Il n'assiste pas à l'office, constate Henrik, je vais envoyer un autre adjoint à son domicile.

— Bien, poursuit Klaes, alors toi Elena tu vas dans moins d'une demi-heure avec Tom à Rosenbad où Tollerup a fixé le rendez-vous, tu nous rejoins ensuite au siège.

— Klaes, je t'interromps, s'écrie Henrik, c'est Knut Solberg du labo d'Oslo qui n'arrive pas à te joindre.

— Bon sang, mon téléphone est sur silencieux, passe-le-moi, lâche Klaes qui arrache à Henrik son appareil.
— Allo, Klaes ? oui c'est Knut Solberg, j'ai tes résultats, tu fais de la pêche au gros ! Il pourrait s'agir d'un sous-marin russe !!
— Quoi ? crie Klaes, es-tu sûr ?
— Oui, tu peux tabler là-dessus, mais je dois te signaler un détail très curieux.
— De quoi s'agit-il ?
— Il y a deux types de peinture : la couche d'origine révèle un marqueur de la Marine russe, la seconde, classique, a été ajoutée par-dessus !
— Pour moi, cela suffit, c'est clair, merci Knut.

Klaes a raccroché, silence lourd.
— Comment vois-tu notre action à ce sujet, Klaes ? susurre Henrik avec précaution.
— Je n'y comprends plus rien , avoue Klaes. Mais pour nous cela ne doit pas changer, nous n'allons pas nous laisser intimider par leurs manigances : nous commencerons par organiser une reconnaissance que vous ferez tous les trois. Vous prendrez un bateau banalisé, surtout sans le traditionnel marquage « Polis », vous passerez voir ce type, Pelle Skog, qui a écrit à Gunilla, il a peut-être d'autres informations, ensuite vous accosterez sur Svartö, appelons ainsi cette île, pour tenter de découvrir ce qui se trame dans cette maison, voire dans la grotte en dessous. Je vous ferai escorter de loin par une vedette de la Police avec un équipage d'une demi-douzaine de gars solidement armés, au cas où...
— Mais devons-nous chercher à intervenir ? questionne Elena.

— Non, ne prenez aucun risque, vous revenez ensuite pour le rapport, nous allons essayer d'organiser, sans doute pour demain matin tôt, la prise de contrôle de l'île.

— Mais c'est une opération très dangereuse, nous n'allons quand même pas attaquer des Russes, s'inquiète-t-elle.

— Nous n'aurons pas le choix , Elena, sourit Klaes qui affirme : je vais contacter la Marine nationale pour faire envoyer, disons, au moins une corvette pour bloquer la sortie de la grotte.

— Elle viendra d'où, cette corvette ? veut savoir Henrik.

— La base navale est à Muskö, il lui faudra donc bien deux à trois heures pour rejoindre Svartö, je vais voir si elle peut déjà appareiller en début d'après-midi pour bloquer toute sortie du sous-marin. Parallèlement je vais réquisitionner pour demain un hélicoptère de l'Armée avec aussi une douzaine d'homme armés, tout dépendra de votre visite pour le timing de l'opération.

— C'est clair pour moi, acquiesce Henrik, mais…attendez un instant. Son téléphone sonne, c'est Harald Hanson qui est dans la rue de Lotta, il met le haut-parleur pour ses collègues.

— Henrik, un commerçant et un voisin ont reconnu Lars sur les photos, la voiture décrite par un autre employé de l'épicerie en face de chez Lotta est précisément celle de Lars, je crois qu'il peut devenir le suspect numéro 1…

— C'est Lars qui aurait tué Lotta ? bafouille Tom.

— Apparemment, réplique Klaes.

— Alors, Harald, lance Henrik, organise la surveillance des principaux lieux par où il peut chercher à quitter la ville.

— La situation évolue, chacun a sa feuille de route, alors …, au boulot, conclut Klaes.

CHAPITRE 18

Ils se lèvent tous, sortent du Sjkanakafé, chacun déjà armé de son téléphone, prêt à dégainer. Pour éviter le trafic des voitures, ils se retrouvent quelques mètres plus loin près de la statue de Karl XIV Johans maitrisant avec difficulté son destrier de bronze.

Henrik commence par rappeler son adjoint Harald Hansson :
— Tout est en place ?
— Oui, répond Harald, une équipe va filtrer les entrées de l'aéroport d'Arlanda, chacun a la photo de Lars sur son smartphone. J'ai mis aussi une équipe devant son domicile.
— À Winterhamn aussi ? questionne Tom qui est près de Henrik.
— Euh ...non, répond Harald qui a entendu la question de Tom.

— Il pourrait chercher à rejoindre les équipes de tueurs de l'Archipel, poursuit Tom, un bateau pourrait même l'attendre à Winterhamn ou ailleurs.
— Tu as entendu, Harald ? intervient Henrik Nilsson, porte aussi tes efforts sur la piste de l'Archipel.

Henrik remercie Tom pour sa suggestion, puis fait signe à son autre adjoint Anders Odenberg, en poste près du parvis :
— Tu interpelles la femme qui est là-bas, tu vois, à gauche de la porte d'entrée de l'église, elle s'appelle Kerstin Sellberg, tu lui précises qu'on veut son aide, tu lui signifies qu'elle est en garde à vue, fais-la escorter par un policier à notre quartier général, veille surtout à éviter un esclandre devant la Storkyrkan, dis-lui bien que je l'interrogerai à son arrivée.
— OK je m'en occupe.
— Non, encore un point, Anders, à la sortie de l'office tu interpelles toi-même Björn Stenson, dont voici la photo, ne le rate pas, tu procèderas comme pour Kerstin.

Elena fait signe à Tom, « il est l'heure, allons à Rosenbad » :
— C'est loin ? demande Tom.
— Non, je dirais à 500 mètres d'ici, c'est plus simple d'y aller à pied, vu le trafic, ensuite nous prendrons un taxi pour rejoindre le siège.
— C'est quoi, Rosenbad ?
— Un gros bâtiment, le siège du gouvernement. Tollerup a dû choisir cet endroit prestigieux pour nous faire comprendre qu'il est un personnage important, mais cela ne va pas marcher ainsi, bougonne Elena.

Un quart d'heure plus tard, sans avoir eu le temps d'admirer les îles qui constituent Stockholm, ils ont atteint Rosenbad. Un huissier les introduit dans une salle de réunion lambrissée, où ne tarde pas à se présenter le fameux Leif Tollerup, qui s'assied à la table de conférence en face d'eux.

L'ambiance de la pièce se veut solennelle, il s'agit peut-être d'impressionner les visiteurs, mais si c'est le cas, aujourd'hui cela tombe à plat : Tom a des lueurs de meurtre dans les yeux, Elena est prête à mordre...

D'après la fiche qu'elle a sur Leif, ce dernier a 49 ans. Il n'a rien pour plaire aux deux enquêteurs : un peu rondouillard, des petits yeux cruels, la morgue d'un haut-fonctionnaire peinte sur son visage.

Elena précise d'emblée que la discussion doit avoir lieu en anglais à cause de la présence de son «collègue», sans préciser d'ailleurs pourquoi.
Leif accepte sans discuter, il faut dire qu'il pratique plus l'anglais que le suédois dans son métier.
— Merci de nous recevoir, monsieur le directeur de cabinet.
— Toi tu es Elena, c'est cela ? et toi c'est Tom ?
— C'est cela, Leif, nous enquêtons sur des agissements suspects d'origine russe dans l'Archipel.
— Ah bon, maugrée Leif, montrant qu'on le dérange de façon intempestive.
— Es-tu en ce moment en contact, ou en négociation, avec des officiels russes ?
— Je ne comprends pas bien ta question, sois plus précise, car je suis en contact, c'est mon métier, avec des officiels d'au moins 60 pays, en particulier ceux de nos voisins européens et encore plus spécifiquement ceux des pays riverains de la Baltique, avec qui nous avons quotidiennement des problèmes à

traiter, termine Leif. Il s'est écouté parler avec une autosatisfaction propre à lui faire hausser les sourcils de contentement, il est quasiment émerveillé de lui-même.

— Qui est ton interlocuteur habituel à l'ambassade de Russie, ton alter ego, ton homologue ?

— J'en ai plusieurs !

— Cite-moi leurs noms, balance Elena qui ne lâche rien.

— Bien, voyons, répond benoîtement Leif en saisissant son agenda, alors j'en ai trois, Serguei Lioubov, Pavel Milioukov et Igor Goutchkov.

— Peux-tu m'envoyer, depuis ton répertoire, leurs fiches avec numéros de téléphone ?

— Ma foi, je ne vois pas où tu veux en venir, je le fais, mais je ne vais pas passer la journée à répondre à de telles questions, s'énerve Leif.

— Merci, je les ai bien reçues, confirme Elena qui transmet immédiatement celles-ci à Klaes, avec un mot pour demander les relevés téléphoniques des appels des numéros de ces trois diplomates.

Pendant qu'elle opère cette manipulation, Leif s'agite sur son siège pour montrer son agacement à l'encontre des fonctionnaires de police. Sans se presser, elle relance :

— Tu connais Gunilla Lundberg, je pense.

— Ah ? si je comprends bien, nous changeons de sujet, il ne s'agit plus des officiels russes ? se moque-t-il.

— Si cela ne te dérange pas, Leif.

— Oui, bien sûr, je la connais, je n'aime pas sa ligne éditoriale agressive vis-à-vis des Russes en mer Baltique.

— De quand date ton dernier contact avec elle?

— Le tout dernier, c'était il y a une heure à la Storkyrkan, sourit Leif fielleusement.

— Oui, alors l'avant-dernier ? gronde Elena.
— Je ne me souviens pas, balance Leif qui fait mine de regarder sa montre.
— Je vais donc te rafraîchir la mémoire, c'était un appel téléphonique de vendredi dernier, précise-t-elle tout en chuchotant ensuite à Tom d'appeler Henrik pour essayer d'obtenir en urgence un relevé des appels de Leif et même de le mettre tout de suite sur écoute, car il pourrait appeler Lars dès leur sortie.
— Je ne vous dérange pas pendant que vous faites vos messes basses ? persifle Leif.
— Non, on attendait que tu aies imaginé une réponse à ma question…
— Gunilla voulait connaître ma réaction à son dernier article très agressif, ricane-t-il.
— Jusqu'où va ton soutien concernant l'attitude désinvolte des Russes qui violent régulièrement notre espace aérien ou nos eaux territoriales ? attaque Elena.
— Ta question est tout-à-fait déplacée, je n'y répondrai pas.
— Bien alors je te prie de répondre à la question suivante, sinon nous t'emmenons en garde à vue à notre quartier général.

Leif Tollerup blanchit, suffoqué par l'audace de cette policière dans les locaux du gouvernement :
— Tu ne dépasserais pas par hasard les limites de tes prérogatives, Elena? s'interroge Leif.
— Ma question est la suivante : précise-moi tes relations avec Lars Edholm.
— Lars Ed…, je ne connais pas, non, je ne vois pas qui c'est.
— Tu ne l'as jamais rencontré ?
— Non.

— Bon, j'en prends note, nous allons en rester là pour aujourd'hui, merci, on s'en va.

Elena se lève comme actionnée par un ressort, Tom peine à suivre, Leif est encore assis qu'Elena ouvre déjà la porte de la salle de réunion.

Dehors Elena s'inquiète de savoir si Leif est bien sur écoute, Tom la rassure, Klaes lui a transmis son accord par un message téléphonique écrit, la procédure étant plutôt limite s'agissant d'un membre d'un ministère.

CHAPITRE 19

Au quartier général de la police de Stockholm, Henrik est assis à une table face à Kerstin dans une de ces pièces sans chauffage qui servent aux interrogatoires de garde à vue.

Elle est habillée de façon décontractée : pull à col roulé, pantalon de velours beige, manteau long en poil de chameau, le tout surmonté d'un petit bonnet de laine rouge :

— Si je comprends bien, je suis en garde à vue ? quel honneur, si j'avais su, j'aurais mis ce matin une jupe courte et un chemisier échancré, Henrik, je t'aurais rejoué Sharon dans Basic Instinct, j'aurais croisé et décroisé mes jambes, bien sûr je n'aurais pas mis de petite culotte, pauvre Henrik.

— Cela m'aurait fait sourire, Kerstin, mais je dois t'annoncer que Lotta vient d'être assassinée ce matin.

— Oh ! excuse-moi, Henrik, c'est terrible !

— Oui, nous avons tous été secoués par cette nouvelle, mais nous devons poursuivre notre enquête. Tes réponses peuvent nous y aider. Je voudrais que tu me dises très précisément ce qui s'est dit et passé samedi dernier matin dans les locaux de LNS, où étais-tu ? avec qui ? qu'as-tu entendu comme conversation ?

— Attends que je me souvienne…oui, Björn parlait tranquillement avec Gunilla qui avait une feuille, un document qu'elle agitait de sa main. Quand la discussion a été terminée, Björn est venu nous rejoindre.

— Il vous a dit quelque chose ?

— Oui, que Gunilla venait de recevoir une lettre d'un gars signalant des agissements bizarres dans l'Archipel. Elle voulait y faire un tour avec Mats dès cet après-midi-là.

— C'est tout ?

— Björn nous a aussi dit leur avoir proposé de les accompagner, elle aurait répondu que ce n'était pas nécessaire.

— C'est tout ?

— Presque, là-dessus, Lars m'a entraînée vers le bureau de Gôran en me disant d'attirer son attention, en lui faisant un peu de charme, car lui, Lars, voulait jeter un œil à des papiers qui trainaient sur sa table. Quand il m'a fait un clin d'œil pour signifier qu'il avait terminé, on est allé rejoindre Björn. Nous sommes partis vers 10 heures ou 11 heures tous les trois.

— Et l'après-midi ?

— Björn et moi nous avons passé le reste de la journée ensemble, tu veux des détails ? non ? bon, Lars, je ne sais pas, sans doute qu'il est rentré chez lui.

— Bien…je crois qu'on a fait le tour de la question, je te remercie, Kerstin, d'être venue répondre à mes questions, tu veux qu'un policier te raccompagne ?

— Mais non ! je vais prendre l'air, à une autre fois, dans de meilleures circonstances.

Pour Henrik tout est maintenant clair, c'est Lars qui a subtilisé le téléphone de Göran pour l'utiliser samedi dernier dans l'après-midi et jusqu'au soir.

Kerstin se lève, sort dans le hall, croise Elena et Tom qui arrivent de chez Leif.

Elle fait signe à Tom qu'elle veut lui parler, tandis qu'Elena poursuit son chemin :
— J'ai appris, je ne connais aucun détail, que Lotta a été tuée ce matin, je sais que tu « voyais » Lotta, je voulais te dire que je suis désolée.
— Merci, cela a duré trois jours, je crois bien qu'à la fin de la semaine on aurait décidé de vivre ensemble, tellement on se sentait bien tous les deux.
— C'était un coup de foudre !
— Oui, maintenant je m'accroche à l'enquête pour ne pas sombrer.
— Si cela peut te changer les idées, on peut déjeuner ensemble un jour, appelle-moi si tu en as envie, Tom.

Kerstin lui fait une bise sur la joue et s'en va.

Du fond du couloir, Elena fait signe à Tom de la rejoindre.

Dans une pièce sans fenêtre, un policier est attablé à un système d'écoutes, Elena traduit à Tom que Leif a appelé Lars sitôt qu'ils étaient sortis, le téléphone de Lars a borné à ce moment-là plus loin que Sandhamn, dans l'Archipel, elle sourit, « Leif est foutu ! ».

Henrik entre, apprend la bonne nouvelle, « j'appelle mon adjoint » :
— Harald, nouvelle mission urgente, tu envoies Anders Odenberg interpeller Leif Tollerup qui doit être à Rosenbad, qu'il le ramène en garde à vue ici, attention le poisson va peut-être frétiller, mais dis à Anders de ne pas hésiter, je te prépare le mandat signé dont il aura besoin, toi tu vas perquisitionner chez Leif, on cherche des documents sur ses contacts avec des Russes ou avec Lars Edholm, des documents compromettants, par exemple.
— Compris, répond Harald Hansson, je t'apporte les documents que je risque de trouver même si tu es en train de l'interroger ?
— Absolument, conclut Henrik qui entraine ensuite Elena et Tom dans la pièce où Björn attend d'être interrogé.

Björn a perdu en une semaine son épouse et sa dernière, enfin son avant-dernière, maîtresse, mais cela ne semble pas l'affecter démesurément. Il regarde entrer le trio qui s'installe à la bonne franquette autour de lui :
— Alors vous souhaitiez me voir, messieurs-dame ? je vois, Tom, que tu es toujours de la partie…, lance Björn très à l'aise.
— Bien sûr, Björn, je suis toujours à la recherche de Gunilla, c'est bien la mission que tu m'as confiée, n'est-ce pas ? rétorque Tom acide.
— Bien, alors Björn, raconte-nous en détail ce que Gunilla t'a dit samedi dernier, le matin, demande Henrik.
— Samedi dernier ? le matin ? mais j'ai quitté les locaux le matin.
— Oui, avant que tu ne les quittes, complète Elena.

— Ah ! Gunilla m'a montré une lettre qu'elle venait de recevoir d'un type de l'Archipel qui expliquait avoir vu des Slaves dans le quartier, balance Björn très décontracté.
— Pourquoi elle t'en a parlé ?
— C'était le sujet du moment, la veille elle avait parlé avec Leif Tollerup qui est plutôt proche des Russes.
— Tu sais pourquoi précisément elle l'avait appelé ?
— Non, en général c'est pour vérifier que ce qu'elle compte publier ne va pas être démenti ou attaqué par les personnes mises en cause dans ses articles, une sorte de précaution, explique Björn.
— Toi, quelle est ta position vis-à-vis de ces menées russes ?
— Moi ? je ne suis pas contre eux, je ne les imagine pas nous attaquer, alors pourquoi ne pas coopérer économiquement ? Gunilla, par ses articles, a déstabilisé la politique du gouvernement en retournant l'opinion ! je trouve que l'augmentation du budget de la Défense va entraîner inversement une réduction des dépenses sociales, dont le pays a plutôt besoin en ce moment.
— Mais irais-tu jusqu'à tuer ton épouse pour cela ? attaque Henrik.
— D'abord on est séparés, on était sur le chemin du divorce, ensuite non évidemment je ne l'ai pas tuée, assène Björn qui commence à s'énerver.
— Que penses-tu de ton ami Lars, à ce sujet ?
— Tu veux dire quoi ?
— Lars a-t-il pu tuer Gunilla ?
— Non, bien sûr, quelle idée !
— Ou aider à la tuer ?
— Non, je ne sais pas quoi te dire, quelle question !
— Tu lui as parlé de l'information de Gunilla, de la lettre ?

— Non, enfin, oui, dans les grandes lignes, juste que Gunilla était excitée par cette piste.
— Mais tu connais les idées de Lars, il adhère à un parti nationaliste, il parle russe, tu as essayé d'imaginer ce qu'il pouvait faire de ton information ?
— Non, ce que tu racontes, c'est de la pure spéculation, d'ailleurs j'ai même proposé à Gunilla de l'aider dans sa recherche l'après-midi de samedi, mais elle a décliné mon offre.
— Tu penses que Gunilla a accepté plus tard une offre semblable de la part de Lars? suggère Elena.
— Aucune idée, fait Björn, le visage maintenant fermé, voire hostile.
— Quel était ton programme de l'après-midi de samedi dernier?
— J'étais avec Kerstin en ville, sur la terre ferme.
— Ce sera bon pour aujourd'hui, déclare Henrik, tu peux rentrer chez toi, Björn.

Atmosphère pesante, les policiers manquent d'autres informations qui leur permettraient d'établir une éventuelle complicité de Björn, cet interrogatoire les a laissés frustrés. De son côté, libéré par Henrik, Björn se lève, l'air renfrogné et vexé, jette aux deux policiers et à Tom un regard torve puis sort sans dire un mot ni saluer personne.

Henrik réfléchit à toutes ces informations, mais à haute voix :
— Heureusement que Kerstin nous a à peu près décrit la scène du samedi matin.
— Lars est visiblement coupable, mais Björn ainsi que Göran ou Kerstin sont-ils tous complètement innocentés ? réfléchit Tom.

— On va chez Klaes faire le point ! décide Henrik.

Dans le bureau du commissaire principal les deux policiers, toujours accompagnés de Tom, ont fait leur rapport à leur chef.
Celui-ci recadre le débat, « Lars, on le trouvera dès que possible, mais dans l'immédiat il faut dénicher ce sous-marin ou cette base secrète ».

Klaes explique avoir eu un entretien avec l'amiral en charge de la base navale de Muskö :
— Il est prêt à participer à notre opération avec une corvette classe Visby qui pourrait appareiller très prochainement. Ce serait de plus pour la Marine suédoise un exercice réel permettant de montrer la réactivité de ses équipes.
— Cela veut dire quelque chose, Visby ? se permet Tom.
— Ah, soupire Henrik, la Marine a pris le nom de la capitale de Gotland pour baptiser la classe, c'est-à-dire le modèle de sa corvette. Ne me demande pas maintenant où est Gotland, Tom, regarde la carte de Suède.

Un planton entre heureusement dans le bureau en faisant diversion, il interrompt leur discussion : « Anders Odenberg me charge de vous dire qu'il vient d'arriver avec Leif Tollerup, qui est, parait-il, très excité ».

Klaes se lève vivement, « je vais l'interroger moi-même, mais Elena, tu as dirigé ce matin son audition au palais de Rosenbad, alors viens avec moi, quant à vous, Henrik et Tom, allez dans la pièce à côté suivre les débats ».

Quand Klaes pénètre dans la pièce des interrogatoires, suivi d'Elena, immédiatement Leif Tollerup bondit de sa chaise et fonce vers lui :
— Klaes, tu deviens fou ? crie-t-il, tandis qu'elle s'élance, s'interpose pour protéger son patron.
— Calme-toi, Leif, j'ai simplement besoin de te poser quelques questions, rassure Klaes, va t'asseoir tranquillement.
— Mais ta collègue Elena, qui vient de m'interroger, a dû quand même te faire un compte-rendu, non ? fulmine-t-il.
— Oui, bien sûr, concède Klaes, venons-en au problème : nous connaissons tes sympathies nationalistes mais aussi russophiles...
— Il n'y a rien de répréhensible à cela !

Ils se connaissent assez bien pour s'être déjà retrouvés parties prenantes dans des affaires de police à Stockholm, pour autant ils n'ont jamais sympathisé. Le peu de vernis mondain qui leur tenait lieu de considération réciproque vient de voler en éclats très rapidement...

Klaes poursuit sa charge :
— Non, mais quand ces sympathies débordent le cadre légal, cela change tout, argumente-t-il, donc juste après qu'Elena et Tom aient quitté ton bureau, il semble que tu aies téléphoné à Lars Edholm, que tu as nié connaître ce matin, qu'en est-il, Leif ? si tu mens, ta garde à vue ne sera sans doute pas levée tout de suite, il faudra que nous vérifiions d'autres informations.
— Ah, tout ce bazar pour Lars ? c'est très simple, explique Leif sur un ton bonhomme, quand tes collègues sont sortis, j'ai demandé à ma secrétaire de retrouver s'il y avait trace dans mes contacts de ce type, elle m'a déniché ses coordonnées, m'a indiqué que j'avais pu le rencontrer lors de réunions de notre parti

« Les démocrates de Suède » ou « SD- *Sverigedemokraterna* », alors je l'ai appelé, c'est tout.

— Presque tout, susurre Klaes, quelle a été la teneur de votre discussion ?

— Rien de spécial, je me suis présenté, je lui ai demandé où on avait pu se rencontrer, voilà c'est tout.

Un autre planton vient d'entrer dans la pièce, il dépose sans un mot des feuilles de papier dactylographiées sur la table devant Klaes, qui immédiatement en prend connaissance alors que Leif fait déjà mine de s'impatienter en tambourinant sur la table de ses gros doigts :

— Bien, reprend Klaes en reposant les feuilles qu'il a lues, en résumé tu as fait sa connaissance au téléphone ce matin ?

— C'est cela.

— Dans ce cas il faut que je te lise le compte rendu de votre conversation de ce mat...

— Mais c'est illégal, je veux un avocat, c'est un guet-apens, c'est inadmissible.

— Je vais te lire juste des passages : « Lars, la police vient de m'interroger sur toi, que se passe-t-il ? « Leif, il y a eu une fuite dans notre opération. Une secrétaire de LNS, une certaine Lotta Karlsson, a transmis une lettre écrite par un type de l'Archipel dénonçant nos activités sur l'île B12 à un détective français, Tom Randal, qui de son côté l'a envoyée à la police de Stockholm. Il y a urgence, il faut qu'on évacue B12, ils vont finir par y venir. », « Lars, pas de panique, je préviens Igor Goutchkov qui enverra un hélicoptère pour l'évacuation ». C'est un extrait de votre conversation, Leif, à mon avis tu es cuit, gronde Klaes.

— Le mieux pour toi, Leif, propose Elena, serait que tu nous expliques toute votre filière, cela ne pourrait qu'améliorer la situation dans laquelle tu te trouves.
— Je veux l'aide de mon avocat, clame Leif.
— OK, fin de l'entretien, tranche Klaes, Elena, fais conduire ce monsieur en cellule, en attendant que son avocat arrive.

Ils se retrouvent tous dans la pièce d'à côté, Klaes leur donne ses directives:
— Il est déjà presque 13 heures, je vous envoie en mission spéciale. Comme dit lors de notre réunion de ce matin dans le café à côté de la cathédrale, vous allez partir avec un hélicoptère, qui est sur le toit de notre immeuble, jusqu'à Winterhamn. Là, prenez un bateau de location, arrêtez-vous à l'île où habite notre informateur, ensuite explorez Svartö. La vedette de police qui vous suivra de loin est déjà en route, soyez prudents, c'est une mission d'exploration, repliez-vous si vous rencontrez un problème. Moi je contacte l'Armée pour avoir leur soutien, nous prendrons le contrôle de Svartö demain matin. N'oubliez pas de passer prendre des sandwichs à la cantine au passage, il vous faudra des forces !

CHAPITRE 20

Sur le toit d'un des immeubles du quartier général, au septième étage, un hélicoptère Agusta A109 les attend, les moteurs tournent, les pales leur font des grands signes d'encouragement, un pilote et son copilote les accueillent.

Henrik, Elena et Tom approchent en courant, tête baissée, embarquent et saluent les pilotes. Elle appelle son ami Jesper à Winterhamn pour lui demander de lui préparer son bateau Anytec, enfin celui de Per « tu ne veux pas en acheter un carrément ? » lui répond Jesper en guise de plaisanterie, avant de confirmer qu'il sera prêt quand ils arriveront.

Le vol est très court, il leur fait gagner beaucoup de temps par rapport à la route.
A Winterhamn, ils atterrissent sur l'hélisurface, juste à côté des quais. Ils foncent chez Jesper, Elena le remercie d'avoir préparé le bateau tandis que les autres montent à bord. Henrik

enregistre les coordonnées de l'informateur Pelle Skog dans le GPS, ainsi que celles de Svartö. Elle saute aussi à bord, fait un signe à Jesper puis met les gaz. Elle passe à côté des gros bateaux à quai chargés d'assurer la liaison commerciale avec les différentes îles, notamment Sandhamn.

Henrik cherche à entrer en contact radio avec la vedette de la police qui doit assurer de loin leur sécurité. Après un moment le contact est établi, le chef de la Polis-vedette se présente :
— Ici Axel Ericsson, tu m'entends ?
— Oui, répond Henrik, nous quittons Winterhamn, où es-tu, Axel ?
— On est proche de l'îlot où habite l'informateur, que tu veux visiter en premier, nous t'y attendons.
— OK.

Elena fonce avec cet Anytec taillé pour la vitesse, il pourrait faire facilement 40 nœuds, mais la mer est un peu agitée, les secousses sont fortes.

Ils passent au large de Sandhamn, s'enfoncent entre les îles en suivant les indications du GPS, atteignent en à peine 20 minutes l'île du fameux informateur, une île toute petite. Un ponton branlant les accueille, un petit hors-bord tristement amarré frétille à leur arrivée, ou est-ce le clapot des vagues ?

Un chien apparaît, aboyant avec rage, perturbé par les envahisseurs. Les trois enquêteurs débarquent, arriment l'Anytec, puis ils empruntent un sentier qui les mène en une cinquantaine de mètres à une maisonnette, le chien les escorte en hésitant à poursuivre ses aboiements, mais quand ils atteignent la porte de la maisonnette il se met à hurler, ce qui met en alerte les policiers, Henrik frappe à la porte, Elena se rend compte qu'elle n'est pas complètement fermée, elle la pousse, pénètre en lançant un « bonjour, pouvons-nous entrer ? » qui va rester sans réponse, en tout cas de la part d'un type qui gît sur le plancher, face contre le sol. Les deux policiers dégainent leur Sig Sauer, font le tour des lieux, rien de suspect, Elena se penche sur le cadavre, « une balle dans la nuque, et mort depuis moins de 24 heures, compte tenu de la rigidité cadavérique » précise-t-elle.

Henrik fouille rapidement la pièce où ils se trouvent, la chambre attenante aussi, mais rien. D'ailleurs tout semble en place, aucune trace de lutte, le propriétaire, ce Pelle Skog, a dû être pris par surprise, une table est préparée avec un couvert, une bouteille de vin est ouverte, il a laissé entrer l'agresseur, lui a même tourné le dos, l'agresseur lui a tiré cette balle dans la nuque.

Il ne trouve pas de papiers ou documents qui puissent être d'un quelconque intérêt pour la suite de l'enquête.

Les deux policiers se consultent, « on poursuit ? », un regard à Tom qui hoche la tête. Elena et Henrik sortent « tu viens, Tom ? », « j'arrive, je donne juste à boire au chien » répond le détective qui court ensuite les rejoindre.

Dans l'Anytec Henrik reprend contact avec Axel Ericsson en charge de la Polis-vedette, un Stridsbåt classique :
— Où es-tu, Axel ?
— A 800 mètres de toi, je t'ai en vue.
— Bon, nous partons pour Svartö, il y a ici le cadavre de notre informateur et son chien vivant à récupérer par une équipe, toi tu nous suis vers Svartö, une fois que nous aurons accosté, tu nous rejoins sur le ponton de l'île, tes hommes devront…au fait, tu en as combien ?

— Huit !
— Donc ils assureront notre couverture si cela se gâte.

Elena démarre, elle indique que d'après le GPS ils seront à Svartö dans 12 minutes. Klaes appelle Henrik :
— La corvette classe Visby a déjà appareillé, elle pourra commencer par bloquer la sortie du sous-marin, mais pour cela j'attends votre rapport sur votre visite à Svartö. Votre passage chez l'informateur a-t-il été positif ?
— Il est mort, balle dans la nuque, depuis 24 heures ou moins.
— On peut dire que nos adversaires n'hésitent pas à tuer, faites attention si vous croisez l'un de ces agresseurs, n'hésitez pas non plus.
— Bien reçu, nous sommes en route pour Svartö, nous allons arriver, à plus tard.

Svartö est une île longue d'environ 260 mètres et large de 170 mètres d'après la carte du GPS, un îlot certes, mais bombé, la roche granitique culmine à une trentaine de mètres, une masure mal entretenue peine à se maintenir au sommet de l'îlot, pourtant plat, qui offre largement la place pour laisser atterrir un ou deux hélicoptères.

Deux pontons d'accostage ont été aménagés pour débarquer. Une vedette rapide et un petit hors-bord sont stationnés à l'un d'eux, Elena accoste à l'autre.

De là où ils viennent d'arriver, l'ouverture de la grotte dans la roche au niveau de la mer n'est pas visible, elle doit être du côté opposé, côté grand large.

Personne en vue, il est 14 heures 30 quand ils débarquent, ils font signe à Axel de venir accoster. Henrik et Axel se serrent la main, Henrik donne les dernières consignes :

— Normalement nous faisons juste une reconnaissance, puis nous repartons. Mais si les choses ne se passent pas comme prévu, tes gars doivent venir nous épauler . Pour l'instant, qu'ils restent prêts, non visibles de la maison, près des bateaux.

Il n'y a pas d'arbres sur cet îlot, que des buissons épars, rien pour se cacher. Pour grimper depuis les pontons au sommet de cette île en forme de dôme, des marches en bois ont été fixées sur deux rails métalliques, il s'agit de ne pas glisser, sinon on finit dans la mer.

Les trois enquêteurs parviennent au sommet de cet escalier long d'une bonne trentaine de mètres, ils prennent un air décontracté pour parcourir à découvert les trente mètres qui les séparent de l'entrée de la masure, « comme des touristes ? » commente Tom. Les deux fenêtres de la façade sont obturées par des épais rideaux, aucune fumée ne sort de la cheminée, aucun bruit ne s'échappe de la masure.

Les trois sont devant la porte métallique, se regardent. Les deux policiers ont dégainé, ils tiennent leur arme le long de la cuisse, Henrik fait signe de se préparer à entrer, les deux autres hochent la tête, signifiant qu'ils sont prêts. Tom n'est évidemment pas armé.

Henrik frappe légèrement à la porte, pas de réponse, il appuie sur la clenche, la porte s'ouvre sans résistance, tout au plus un furtif grincement de mauvaise humeur.

La pièce est minuscule, vide, sombre et malodorante. Au fond de la pièce ils découvrent un escalier étroit creusé dans la roche, qu'ils empruntent pour descendre environ dix mètres plus bas à une salle elle aussi taillée dans le granit. Aucun mobilier ne s'y trouve, juste une porte en fer et à côté une sorte de fenêtre intérieure qui attire l'attention de Tom, il s'en approche, jette un œil, il ne peut retenir un juron.

Les deux policiers s'approchent, c'est un spectacle, ils ont une vue sur tout l'intérieur de la grotte située à 20 mètres en contre-bas de leur salle : l'espace est tout en longueur, sans doute 80 mètres, au fond on distingue l'entrée en demi-lune par où s'engouffre une mer agitée.

Au milieu de ce bassin, un sous-marin gris foncé flotte, amarré de chaque côté sur tout son long à deux quais larges de 2 à 3 mètres.

Il a l'air énorme, mais d'après Henrik il est plutôt de taille très moyenne. Aucun signe permettant d'identifier la nationalité du bâtiment n'est visible.

Cinq rangées de néons projettent leur lumière blafarde sur la scène : des marins s'activent sur les quais, on dirait qu'ils trient des documents, destinés ensuite à être embarqués ou détruits.

Henrik veut faire une photo de la grotte à travers la vitre, pour l'envoyer d'urgence à Klaes, il prend son smartphone, ajuste le cadrage, appuie sur le déclencheur. Mais le flash de l'appareil n'a pas été débranché, l'éclair rebondit mille fois contre la vitre de la petite lucarne, un marin a vu l'éclat de lumière, il jette un cri d'alerte.

Déjà ils entendent un bruit métallique le long de la paroi de la grotte, quelqu'un doit gravir à toute allure une échelle métallique faisant office d'escalier vertical donnant vraisemblablement accès à cette porte en fer. Sa progression doit certainement être ralentie par une grille de protection contre les chutes encerclant sans doute cette échelle.

« On va avoir une visite, que fait-on ? » demande Elena à Henrik, « repli général, tout de suite » crie ce dernier en poussant les deux dans l'escalier creusé dans la pierre vers l'étage du dessus.

Soudain la porte en fer, qui donne sur cette échelle, s'ouvre violemment, laissant jaillir un homme armé d'un pistolet.

Henrik et Elena, près de gagner la sortie dans la pièce du haut, sont rejoints par l'assaillant qui débouche à son tour de l'escalier en pierre en braquant son arme sur eux. Tom est déjà sorti de la maison.

Les deux policiers mettent en joue ce type, Elena fait de la main gauche ce qui ressemble à un geste d'apaisement, tout en reculant. Le type hésite à tirer car s'il blesse l'un, l'autre aura le temps de l'abattre, il se contente de les menacer. Ils en profitent pour franchir à reculons la porte d'entrée.

Tom s'est éloigné en direction de l'embarcadère. Un guetteur du groupe des policiers de la vedette donne l'alerte, six d'entre eux jaillissent à découvert. Ils viennent épauler Henrik et Elena qui reculent toujours lentement, arme au poing.

Le type est resté sur le pas de la porte, baisse son arme, inquiet de découvrir ces renforts qui protègent la retraite des deux policiers et Tom.

Une fois à bonne distance Henrik crie à tous « on réembarque tout de suite », conformément à la consigne de Klaes.

Sur le ponton, Henrik aborde Axel Ericsson:

— Il faut les empêcher d'utiliser leurs deux bateaux amarrés ici, tu les remorques ou tu les coules ?
— Il y a un risque que des types viennent ici nous tirer dessus ?
— C'est très possible…, fait Henrik.
— Alors je préfère les couler, avec des grenades cela prend quelques secondes.
— Bien, nous on s'en va, je te laisse les couler, ensuite replie-toi avec tes hommes, Klaes t'indiquera la suite des opérations.

Elena bondit à bord de l'Anytec, Tom fait de même, Henrik jette un œil à Axel en train de préparer ses grenades, vérifie qu'aucune silhouette agressive n'est apparue au sommet de l'île, alors il saute lui aussi dans leur bateau. Ils sont à une centaine de mètres en mer quand les grenades explosent, coulent les deux bateaux des occupants de Svartö, maintenant incapables de quitter leur rocher, sauf par sous-marin bien sûr.

En approche de Winterhamn, une trentaine de minutes plus tard, Henrik appelle Klaes, lui rend compte de leur mission, puis lui demande quelles sont les nouvelles consignes.

Klaes leur enjoint de rejoindre par hélicoptère le quartier général, « pour préparer l'assaut de demain » :
— Comment s'appelle le chef de la vedette qui était en soutien ? ajoute Klaes.
— C'est Axel Ericsson.
— Ah oui, je le connais, je vais lui demander de rester sur zone.
— Pourquoi ? questionne Henrik.

— Il y a du nouveau, le téléphone de Lars était resté sur écoute, et...il a contacté Björn...
— Björn, quand cela?
— Oh il y a à peine cinq minutes, je vous ferai écouter la conversation, il a convaincu Björn de venir le chercher à Svartö car oui, il est sur l'île, mais n'a plus de bateau pour la quitter.
— Qu'a répondu Björn ?
— Il n'était pas d'accord au début, Lars a fini de le persuader, Björn a dit qu'il se mettrait en route dans les heures qui viennent, mais Lars ne lui a pas parlé de votre intervention, apparemment Björn n'est pas complice de Lars.
— Il va se jeter dans la gueule du loup !
— Oui, exactement, quand il va arriver à Svartö, qu'il aura débarqué de son bateau pour retrouver Lars dans la maison, je veux qu'Axel fonce sur le ponton pour balancer quelques grenades sur le hors-bord de Björn, comme cela tout le monde reste piégé sur le rocher.
— Mais le sous-marin peut s'enfuir avec tout le monde !
— C'est un petit sous-marin d'après votre description, il ne doit pas y avoir de la place pour tout le monde. De plus, la corvette classe Visby doit être sur site dans moins d'une demi-heure, elle bloquera la sortie d'une façon ou d'une autre.
— C'est bon, Klaes, on reprend les airs, retour au bercail, plaisante Henrik.

Arrivés au port de Winterhamn, tous trois débarquent en vitesse. Elle va voir son copain Jesper, tout heureux de constater que son bateau a l'air en bon état :
— Mais oui, Jesper, on ne t'a rien démoli, sourit Elena.
— Je suis étonné, avec des aventuriers comme vous, que le bateau flotte encore, plaisante Jesper.

— Je pense que nous en avons fini avec nos enquêtes, il me reste à te remercier, nous ne devrions plus en avoir besoin.

— En plus d'avoir vu Per blessé, j'ai entendu parler d'une attaque du bateau-grue hier en mer, ainsi que d'une autre attaque à Djurö, du côté de Motorverkstan, vous en étiez ? il y a des traces de balles sur l'Anytec ?

— Non, ne t'inquiète pas, rien de tout cela, rit Elena qui se veut plutôt rassurante de façon à ne pas ébruiter l'affaire maintenant qu'ils sont à la veille de l'assaut général ! Allez, on rentre à la maison, au revoir Jesper, merci et à une prochaine fois.

— Portez-vous bien, conclut Jesper en récupérant les clés du bateau.

Non loin des quais, l'hélicoptère Agusta fait déjà entendre ses moteurs, impatient de ramener les trois enquêteurs à Kungsholmen.

Chapitre 21

Atmosphère de crise dans le bureau de Klaes, ils sont tous assis à une grande table, une secrétaire est venue pour prendre des notes. Sur la table patientent des bières qu'on va boire au goulot, des sandwichs bien dodus qui ne se font aucune illusion sur leur sort. Il est 16 heures 30, le jour décline déjà, lui aussi fatigue.

Klaes a la chance d'avoir son bureau au sixième étage, avec de larges fenêtres qui donnent vers l'est, laissant admirer la tour du Stadshus, l'Hôtel de ville de Stockholm. Aux murs, Klaes a suspendu des photos de la ville, une belle ville en équilibre sur toutes ces îles. La table de travail, en bois massif, privilège du chef de la police, déborde de dossiers de toutes les couleurs. Face à Klaes, de l'autre côté de la table, quatre fauteuils attentifs lui font face.

Tom profite de ce moment de calme où les uns finissent leur bière, les autres ont la bouche pleine de leur énième sandwich de la journée.

La vue sur les bâtiments de l'Hôtel de ville est splendide, Tom essaie de se détendre, de se calmer, de reprendre le dessus. L'assassinat de Lotta, ce matin, l'a bien plus bouleversé que la tentative d'empoisonnement dont il a fait lui-même l'objet la veille.

Klaes jette un œil à ses adjoints, un clin d'œil à Tom, la secrétaire est prête, stylo en l'air, il rassemble les feuilles et dossiers devant lui, s'éclaircit la voix :

— Demain je viens avec vous, je ne vais pas rester ici à me morfondre pendant que vous allez « faire la fête » !

— Prends quand même une arme ! rigole Elena.

— Oui, alors nous attaquerons l'île à 5 heures 30, le jour se lève certes vers 6 heures, mais il fera déjà assez clair.

— Quels moyens vas-tu engager ? demande Henrik.

— La corvette d'abord, de classe Visby, avec une très faible signature radar due à son revêtement furtif. Elle arrive de Muskö, doit déjà être sur place. C'est un beau bébé, 72 mètres de long, vitesse 40 nœuds, un canon de 57mm, une demi-douzaine de missiles, ah oui aussi des tubes lance-torpilles de 400mm, poursuit Klaes en consultant ses notes, ainsi qu'une plate-forme pour recevoir un hélico léger genre Agusta, environ 40 hommes d'équipage, de ce côté on est paré !

— Comment as-tu fait pour avoir ce renfort ? s'étonne Elena.

— J'ai appelé à Garnisonen, au ministère de la Défense, j'ai discuté avec l'amiral Sten Tolgfors. Lorsque j'ai évoqué des Russes avec un sous-marin logé dans la grotte de Svartö, dans l'Archipel, j'ai cru qu'il allait faire une apoplexie, je lui aurais demandé de décrocher la lune, il l'aurait ordonné immédiatement, sourit Klaes.

— Tu es aussi en contact direct avec le commandant de la corvette ? s'assure Henrik.

— Oui, ce commandant sera sous mes ordres, pour autant qu'il n'y ait pas impossibilité entre mes demandes et ce qu'il peut entreprendre. Il s'appelle Sven Nyqvist, la corvette a été baptisée du nom de Kiruna.

— Joli nom, fait Tom pour détendre l'atmosphère.

— Oui, c'est le nom d'une ville tout au Nord de la Suède, c'est là où habitent les Sami, tu connais ? explique Elena.

— Non, je me renseignerai, dit sobrement Tom.

— On peut peut-être reprendre ? bougonne Klaes.

— Excuse-moi, bafouille Tom, profil bas.

— Je poursuis donc : sur mer on aura en plus le soutien d'un Stridsbåt CB90 d'assaut avec blindage, le commandant s'appelle Torsten Lybeck, c'est un bateau qui fait 16 mètres de long, fonce aussi à 40 nœuds, équipé de 3 mitrailleuses Browning,

— Klaes, tu as été gâté, ironise Elena.

— En tout cas le sous-marin ne devrait pas nous échapper. Cerise sur le gâteau : un hélicoptère Sikorsky SH-60 Black Hawk, avec 12 militaires à bord commandés par leur chef Carl Ulner.

— C'est la guerre, constate Henrik sombre, il n'y aurait pas moyen de leur demander par exemple de se rendre tout simplement, une fois qu'ils se verront cernés ?

— On pourrait commencer par des sommations, mais à priori cela n'a pas l'air d'être le style de nos opposants, tu as vu comment ils ont attaqué le bateau-grue ou incendié le hangar abritant l'épave ? ils n'ont pas le mot « sommation » dans leur vocabulaire.

Silence général, l'équipe sent que l'opération de demain ne ressemblera pas à une descente de police classique, on fait la moue, on se gratte la tête, on se racle la gorge, on pense « pourquoi n'envoie-t-on pas carrément les militaires, cela ne nous regarde plus », non seulement on le pense, mais on le dit à Klaes, voilà c'est dit :

— Mais qu'est-ce qui vous fait peur, les gars, c'est votre enquête, vous ne voulez pas la finir ? s'interroge Klaes.

— Elle est finie, Klaes, maintenant il reste juste des balles à prendre dans la figure, maugrée Elena.

— Oui, elle est terminée, surenchérit Henrik. On a le profil de l'organisateur, Lars Edholm, qui est politiquement aligné sur les Russes. Lars et les Russes ont la même ennemie, Gunilla, qui par ses articles dans ses journaux excitait le pays et le gouvernement...

— Oui mais... veut intervenir Elena.

— Attends ! coupe Henrik, lancé dans sa démonstration visant à montrer que tous les ressorts de l'agression de Gunilla sont connus : donc samedi dernier dans la matinée, quand Lars reçoit l'info de Björn au sujet de cette lettre d'un informateur évoquant Svartö et le sous-marin, il craint que l'activité sur l'île ne soit découverte, c'est le point de départ de l'agression. Sans attendre plus longtemps il utilise Kerstin pour divertir Göran, afin de lui subtiliser son téléphone, puis il appelle Gunilla, lui propose son aide.

— Sur quoi te bases-tu exactement pour avancer ce scénario ? questionne Klaes.

— Sur les relevés téléphoniques entre Gunilla et le téléphone utilisé par Lars depuis samedi dernier vers midi, explique Henrik qui poursuit : donc Gunilla lui répète sans doute qu'elle veut aller jeter un œil à cette île que nous surnommons Svartö. Lars persuasif réussit à se joindre à eux, ils y vont tous trois, trouvent la maison fermée, font le tour de l'île en bateau, voient la grotte, reviennent à Korsö chez Mats.

— Tu imagines le déroulement de l'après-midi de samedi à partir de quelques relevés de téléphone ?, interrompt Klaes, on est bien d'accord, Henrik ?

Henrik soupire, jette un œil à ses collègues et poursuit :
— Oui, j'adapte mon récit, comme je l'ai dit à l'instant.
— Admettons, convient Klaes, alors poursuis.
— C'est là que Lars doit être très fort, bien sûr on ne connait pas les détails, mais sans doute en fin d'après-midi, il a dû téléphoner à un contact russe à Svartö pour organiser le piège avec le sous-marin.
— Donc après leur visite de Svartö ? propose Elena.
— Oui, ils ont dû revenir tous les trois à Korsö. Lars sait que Gunilla ne va pas passer la nuit dans la masure de Mats puisqu'elle dispose non loin de là, à Runmarö, d'une magnifique villa avec tout le confort. Elle a même pu carrément expliquer à Lars qu'ils allaient partir pour Runmarö. Lars et son Russe ont dû alors convenir de faire l'opération de nuit, pour que la masse noire du sous-marin ne soit pas décelable.. Son contact russe a donc commencé par chercher, sur le trajet direct de Korsö à Runmarö, le meilleur emplacement pour l'embuscade. Il a conclu que le passage étroit de moins de 100 mètres au large de la crique de Trouville était optimal. Ensuite il a dû vérifier que le sous-marin y aurait accès compte-tenu des hauts fonds dans cette zone. Il a calculé le temps de mise en place du submersible, il a trouvé que l'embuscade ne pouvait pas avoir lieu avant 21 heures 30 ou 22 heures, il a communiqué l'information à Lars, à charge pour ce dernier de se débrouiller pour faire patienter Gunilla et Mats avec lui à Korsö jusqu'au soir.

— C'est quand même une pure supposition d'affirmer qu'il est avec eux deux, tranche Klaes, on n'a pas de preuve.

— Si quand même, intervient Elena, les appels du téléphone subtilisé par Lars ont borné près de Sandhamn en fin d'après-midi, quand il a commencé à appeler les Russes de Svartö, je crois qu'il y a un appel de Lars vers eux, d'abord vers 18 heures et jusqu'au dernier le soir à 21 heures 48 quand il leur a indiqué le top du départ de Gunilla et Mats vers Runmarö.

— Sans doute, oui, poursuit Henrik, Lars reste avec eux jusqu'à la nuit tombée à discuter de l'enquête pour le journal.

— Cela me parait plus clair ainsi, approuve Elena.

— Lars avait dû évaluer le temps qu'il faudrait à Gunilla pour arriver au large de Trouville. Il savait par les Russes que le sous-marin mettrait juste quelques minutes pour faire surface et se mettre en place. À la nuit tombée, il fait mine de partir, ses hôtes décident d'en faire autant. Il appelle les Russes pour donner le signal au sous-marin, il est 21 heures 48. C'est le fameux appel, non identifié à l'époque, que nous avons enregistré dans les relevés du téléphone de Göran.

— Cela pourrait tenir la route comme explication, convient Klaes.

— Ensuite le bateau de Gunilla percute le flanc du sous-marin qui a fait surface et bloque le passage, enchaîne Henrik, les Russes ont sans doute avec des grappins empêché le hors-bord de couler tout de suite, Mats a peut-être voulu s'enfuir en plongeant, un Russe lui a tiré dans le dos, les autres ont réglé son compte à Gunilla, consciente ou non.

— C'est bien possible, d'ailleurs la police scientifique à Djurö avait parlé de traces de grappins sur le bateau de Mats, ajoute Tom.

— Donc il reste juste à arrêter Lars Edholm, voilà, c'est tout, conclut Henrik Nilsson, inspecteur de la police de Stockholm. Les Russes, c'est l'affaire des militaires !

— Oui, Henrik, mais tu oublies que l'objet même de notre enquête est de retrouver Gunilla, ce mystère reste entier, nous devons aussi la vérité aux parents de Gunilla ! intervient Elena, nous devons donc poursuivre, je pense que Tom sera de mon avis.

— Je te remercie, Elena, pour ton intervention, glisse Tom. D'ailleurs, si Gunilla est vivante, il n'est pas impossible qu'elle soit retenue prisonnière sur Svartö, il faudrait peut-être en tenir compte lors de l'assaut de l'île.

Klaes hoche la tête, sans trop savoir comment inclure cette hypothèse dans l'attaque de demain.

Il reste pensif, car il a besoin d'une équipe motivée, ce qui ne semble pas être le cas en ce moment, Henrik est énervé, le visage en feu, Elena a la tête baissée. Il décrète une courte pause, « bières et sandwichs ! » demande-t-il à la secrétaire, en soupirant fortement.

Un planton, qui attendait dehors que la situation lui permette d'entrer, frappe à la porte et timidement demande s'il y a un Tom Randal dans la pièce, il se fait connaître, « un certain Göran Jacobsson souhaiterait te voir quelques minutes » bafouille-t-il, Tom jette un regard à Klaes pour obtenir son accord, celui-ci opine du chef d'un air las, Tom suit le planton.

Dans le couloir il aperçoit Göran qui s'avance à sa rencontre, très sérieux, tandis qu'au fond du couloir une silhouette

semble attendre dans la pénombre. Les deux hommes s'échangent une franche poignée de main :
— Bonjour Göran, je ne pensais pas te revoir. Avant que tu ne me donnes la raison de ta visite, je voudrais profiter de ta présence pour te poser une petite question de détail qui, j'espère, ne te dérangera pas trop.
— Je t'écoute, Tom.
— Voilà, il y a quelques jours je suis allé à Gustavsberg lire le rapport fait par la police concernant le décès d'Annelie.
— Oui ?
— J'ai lu que vous étiez partis tous les quatre, Björn, Lars, Mats et toi en moto trial pendant qu'Annelie débutait sa promenade à cheval.
— Oui, et alors ?
— Il y a un détail qui ne figure pas dans le rapport de police : peux-tu me préciser qui est arrivé en premier sur les lieux de la chute d'Annelie ?
— Oui bien sûr, moi je suis arrivé en deuxième avec Lars, Mats était déjà sur place, Björn est arrivé en dernier.
— Ah, j'imagine que cela a été un moment très dur pour toi, excuse-moi, Göran, pour ces questions
— C'est tout ce que tu voulais savoir ?
— Oui, confirme Tom, excuse-moi, tu souhaitais me voir ?
— Je voulais te présenter quelqu'un.
— Qui ?

Göran fait signe à cette personne qui attend à une bonne dizaine de mètres. C'est une jeune femme qui avance, Tom a un choc, on dirait Lotta tellement la ressemblance est troublante, Göran lui présente Liv, la sœur de Lotta, il ajoute:

— Je viens te voir au sujet de Lotta qui était ma collègue de travail chez LNS, je sais que tu étais très lié avec elle, certes depuis peu...
— ...
— Donc, continue Göran en se raclant la gorge, je ne sais pas jusqu'à quand tu seras à Stockholm ...
— Normalement il y a une opération de police demain à laquelle je vais sans doute assister, je prendrai un avion dans deux jours, comme plus rien ne me retiendra ici, poursuit Tom la gorge serrée par le souvenir de Lotta.
— Les obsèques de Lotta auront lieu après-demain à 9 heures à l'église de Gamla Uppsala, puis Lotta sera incinérée, la famille de Lotta souhaiterait t'inviter à cette cérémonie.
— Je ...je ne ..., excuse-moi..., essaie de dire Tom, qui a du mal à contenir ses larmes.

Göran le prend dans ses bras. Tom se dégage doucement, se tourne pour se moucher bruyamment, il s'appuie sur un banc le long du couloir, cherche à reprendre le contrôle de soi.
Une main très douce se pose sur son épaule. Une voix d'ange lui murmure :
— Ma sœur Lotta m'a tellement parlé de toi, elle m'a dit combien vous vous entendiez bien.
— ...
— Je suis sûre qu'elle aimerait que tu l'accompagnes dans ces derniers instants, cela lui ferait plaisir.

Tom, les yeux humides, se laisse envelopper par les bras de Liv.
Puis il s'assied sur ce banc, la tête dans ses mains, pour cacher son chagrin.

Il se mouche, respire fort, serre les lèvres, puis se redresse, plonge son regard dans celui de Liv, « je viendrai, oui ».

Quand il entre dans la pièce de la réunion, avec l'air hagard du Nord, les yeux rougis, le teint hâve, les trois policiers fixent le détective d'un air inquiet.

Pas un mot n'est échangé jusqu'à ce que Tom reprenne sa place à la table de travail :
— Bien, où en étions-nous ? lance Klaes, ah oui, donc demain, pour que ce soit clair, c'est une opération militaire pilotée par la police, je sais que c'est bancal, mais ce sont les militaires qui agiront, nous restons en arrière sans prendre de risques inutiles, est-ce clair ?
— Disons qu'on peut le voir ainsi, accepte Henrik.
— Nous décollerons d'ici pour Winterhamn demain matin à 4 heures avec l'hélicoptère que vous avez utilisé aujourd'hui, là-bas nous embarquerons à 4 heures 30 sur le Polis-Stridsbåt, la fameuse polis-vedette d'Axel Ericsson, celui-ci aura six policiers avec lui. À 5 heures 30 l'hélico Black Hawk de Carl Ulner doit atterrir au sommet de Svartö pour un assaut de face, tandis que les marins du Stridsbåt d'assaut CB90 de Torsten Lybeck débarqueront sur le côté arrière de la maison, pour attaquer à revers.

Tom, qui reprend ses esprits, veut montrer qu'il participe à l'action de ses « collègues ». Il profite d'un instant de répit de Klaes pour lui demander quelle est la différence entre le Stridsbåt d'Axel Ericsson et le Stridsbåt d'assaut de Torsten Lybeck :
— Le châssis est en gros le même, mais il existe plusieurs versions de ce bateau selon son équipement, depuis la simple

vedette de police jusqu'à la vedette d'assaut, blindée et lourdement armée, explique Klaes.
— Merci, fait Tom.

Elena et Henrik se regardent, puis Henrik se lance :
— Et nous, à 5 heures 30 où sommes-nous ?
— Nous débarquons au ponton, nous montons votre escalier en bois, nous nous abritons au sol en arrivant au sommet, de là on avise…
— C'est plus prudent de faire son testament ce soir, grince Elena, tandis que Henrik éclate de rire.
— Trêve de plaisanterie, vous passerez au magasin chercher des gilets pare-balle, des casques légers, emportez aussi vos brassards orange « Polis », cela évitera que nos camarades militaires nous prennent pour cibles, fournissez aussi le même équipement à Tom, y compris votre tenue bleu foncé de la police. Il va de soi que Tom ne sera pas armé. Allez maintenant tous vous reposer, à demain matin…tôt.

CHAPITRE 22

Il est passé 18 heures quand Elena raccompagne Tom à son hôtel, « tu veux qu'on dine ensemble ? » propose Elena, mais Tom décline poliment :
— Je ne veux pas t'embêter, je ne suis pas drôle ce soir, soupire Tom.
— Je ne vais pas te laisser déprimer tout seul dans ton coin, on va grignoter un morceau à la brasserie du Diplomat, décide Elena.

Tom se laisse faire, Elena gare sa voiture non loin de l'hôtel. Quand tous deux entrent dans le hall du Diplomat, de loin le réceptionniste à qui rien n'échappe salue Tom d'un sonore « bonsoir monsieur et …madame Randal » qui fait se retourner deux couples de touristes en train de traverser ce hall.

Cette fois, c'est clair, l'employé, qui est aussi celui qui apportait les petits déjeuners, a voulu marquer par son tonitruant accueil sa désapprobation polie face au nombre important de mesdames Randal en quelques jours.

Les seuls effets de cet accueil ce sont l'hilarité d'Elena et un sourire chez Tom qui ne se souvient alors que de Lotta .

Ils se retrouvent attablés à la brasserie, Tom a réussi à éviter la table qu'il avait occupée avec Lotta, ou même celle avec Kerstin.

Elena voit bien que Tom chipote dans son assiette, il a l'air sombre, elle ne peut pas le laisser dans cet état :
— Tom, je ne vais pas te laisser ruminer toute la nuit, demain on démarre à 4 heures, la journée peut être dangereuse, je veux que tu sois en forme, alors soit je t'emmène chez moi, j'ai une chambre d'amis, soit je reste avec toi dans ta chambre d'hôtel, je dors sur le canapé, tu ne risques rien…
— Sans doute, car j'ai l'impression que tu préfères les filles, non ? dit-il en esquissant un pauvre sourire.
— Cela se voit tant que cela ?
— Non, tu es discrète, dans ton métier de policière, il n'y a pas de quoi minauder, mais j'ai bien vu, de temps à autre, quand tu es en confiance, que tu laisses trainer ta main sur le bras ou dans le dos des filles, sacrée Elena !
— Tu es choqué, Tom ?
— Évidemment non. Tu as une copine attitrée en ce moment, qui t'attend chez toi ?
— Non, pas en ce moment, je vais te dire, avec le métier que je fais, avoir une relation suivie avec quelqu'un ce n'est pas évident.
— Tu as fait une croix sur les mecs, alors ?

— Non, cela m'est déjà arrivé, mais c'est trop compliqué, je ne me sens pas en confiance, c'est plus difficile de s'abandonner, oui, je trouve que c'est trop risqué ! pourquoi tu me demandes cela ? tu as un projet pour ce soir ? éclate de rire Elena.

La conversation se poursuit, légère et sautillante, jusqu'à ce que, le repas achevé, ils se lèvent, repassent dans le hall. Elena voit bien que la morosité a envahi à nouveau la tête de Tom, qui marche les épaules basses, le visage triste. « Bon, je ne te laisse pas seul, je t'emmène dormir chez moi » ordonne Elena à Tom qui se laisse faire sans un mot. Elle le traine jusqu'à sa voiture, démarre vers son appartement qui est tout près, à Lützengatan, dans le quartier voisin d'Östermalm.

Garée devant chez elle, elle empoigne les deux sacs contenant pour chacun les tenues de combat de demain, entre vivement dans son immeuble, suivie de Tom qui traine les pieds.
Ils montent par l'escalier au premier étage, Elena ouvre sa porte, balance les sacs dans l'entrée, « il est tard, tu veux une tisane, Tom ? », « bof, non, merci ».
Elle l'emmène d'urgence dans la chambre d'ami, lui indique où se trouve la salle de bain, lui souhaite bonne nuit, « si tu as un problème, ou si tu n'arrives pas à dormir, n'hésite pas à venir me réveiller, salut ».

Tom est rassuré par la présence amie d'Elena, il s'assied sur le lit, se déshabille, se couche avec un soupir. Il jette un regard circulaire sur cette chambre, des étagères de livres à droite, à gauche des photos de groupes de filles, en voyage apparemment, au bord de la mer, il se tourne et se retourne, il n'arrive pas à dormir, une si longue journée, tant de choses qu'il cherche, au moins temporairement, à évacuer de sa tête.

Il se relève, met un caleçon, va se balader dans l'appartement, il passe dans la cuisine, grignote des petits gâteaux, puis se glisse dans le salon, le parquet grince, il s'arrête devant la fenêtre, observe d'un regard vide la façade d'en face, où rien ne bouge, que fait-il donc à Stockholm ? sa vie aussi est vide, il sait pourquoi, mais que faire ?

Une lame de parquet qui grince, il se retourne, Elena est sortie de sa chambre, elle veut le gronder comme un enfant, elle lui sourit, « allez viens avec moi », elle le prend par la mains, il se laisse emmener dans la chambre d'Elena, elle l'installe dans son lit, « mets-toi de ce côté ». C'est un grand lit, on pourrait s'y mettre à trois, pense-t-il, avant de se retourner, en une minute il s'endort.

En pleine nuit il se réveille, il rêvait de Lotta, il cherche la chaleur du corps plein d'Elena qui le regarde sans un mot, les yeux tout ouverts, il caresse son corps, effleure de ses lèvres ses bras, s'abandonne à ses souvenirs de Lotta, tout se mélange dans sa tête, il manque s'endormir à nouveau, quand Elena prend de douces initiatives il se laisse emporter.

Chapitre 23

Tom est réveillé à 3 heures 30 ce samedi par l'alarme du smartphone d'Elena. Il se lève comateux, que fait-il ici à Stockholm pour cette opération de police et d'armée ?

Il fait frais dans la chambre, Elena est déjà levée, Lotta n'est plus là pour le réchauffer, il sent qu'il déprime sec, il appelle Twiggy, laisse sonner longtemps, pas de réponse, c'est dur de n'avoir personne à qui parler, c'est insupportable !

Elena entre dans la chambre « je t'ai préparé un petit déjeuner sommaire, Tom ». Elle est déjà habillée.

Il déballe le sac contenant sa tenue de policier suédois, pantalon bleu foncé et pull bleu roi, s'habille, enfile le gilet pare-balle, passe le brassard au bras gauche, saisit le casque, se regarde dans la glace de la salle de bain, il ne se reconnaît pas.

Il pense sans arrêt à Lotta, elle ne le quitte pas, pour un peu il foncerait à l'aéroport, mais cela sera-t-il mieux ailleurs ?

Dans la cuisine, il se verse un café noir, sans sucre, amer et brûlant, il grignote quelques biscuits qui attendaient sagement à côté de la cafetière.

Il s'approche d'une des baies vitrées du salon, regarde les lumières de la rue qui se reflètent sur les voitures garées en bas, il sent de nouveau Lotta près de lui, il a du mal à respirer, un poids l'oppresse.

Est-il vraiment obligé de participer à cette mission ? certainement non, alors pourquoi s'est-il habillé en policier ?

Que dire de son enquête ? Björn, son donneur d'ordre, doit être en ce moment bloqué sur Svartö s'il a bien obéi à la demande de Lars, si surtout le chef de la polis-vedette a bien fait couler son bateau avec ses grenades.

Tom trouve l'attitude de son client bizarre, Björn n'a pas été très clair avec lui. Mais il n'en a plus rien à faire, sa mission n'est pas terminée, il doit faire tout ce qu'il peut pour retrouver Gunilla.

Il sent qu'un autre ressort l'a aussi aidé à sortir de son lit ce matin à 3 heures 30.

Il y réfléchit lentement en laissant son regard dériver le long de la rue encore déserte, au fond de lui-même une certitude se fait soudain jour, il se redresse, il en prend conscience, les traits de son visage se durcissent, il vient de prendre une décision, il a bien encore une mission à accomplir, toute personnelle cette fois.

Elena le rejoint dans le salon, « un vrai policier ! » lui jette-t-elle avec un regard admiratif sur la façon dont il porte son uniforme, puis en regardant à son tour dehors « il commence à neiger, je vois des flocons qui virevoltent, il doit faire froid », comme Tom ne répond pas, « si tu es prêt, nous pouvons y aller».

Tom saisit son paquetage contenant maintenant sa tenue civile pour se changer après l'opération de police, il hoche la tête façon « je suis prêt ».

Elena lui prend le visage à deux mains et dépose un baiser furtif sur ses lèvres.

CHAPITRE 24

Elena est déjà installée, le moteur de sa voiture tourne au ralenti. Tom qui trainait sur le trottoir s'installe à son tour, lui dit « *goddag* », bonjour en suédois, une des expressions apprises dans la brochure du vol SAS de Paris. Elena sourit. Elle tourne la tête vers lui :

— Tom, pour ne pas compliquer les choses, si on te demande, hier soir je t'ai déposé à l'hôtel, tu as passé la nuit au Diplomat, je t'ai pris au passage ce matin, c'est clair ?

— Bien sûr, acquiesce Tom, la situation est déjà suffisamment compliquée comme cela.

La voiture glisse en chuintant dans les rues vides, les feux orange leur font des clins d'œil, les vitrines des grands magasins sourient et les aguichent avec leurs atours.

Le garde à l'entrée de Kungsholmen vérifie les papiers d'Elena. Ils se garent à côté de Henrik qui vient juste d'arriver,

« *hur mår du ?* », comment vas-tu ? demande Henrik, « *det är bra* », cela va, répond Tom qui a ainsi épuisé pour la journée tout son stock de connaissances en suédois.

Ils montent tous les trois par l'ascenseur au septième étage. L'hélicoptère Agusta A109 est là, masse sombre, pales à l'arrêt, les deux pilotes fument une cigarette, discutent avec Klaes, tout le monde se salue, Klaes demande à ses deux policiers de vérifier leur arme, leurs chargeurs pleins, les gilets pare-balle.

Il consulte l'heure, ils sont en avance de 10 minutes, « bon on y va quand même » décide-t-il, tout le monde s'installe, un vent froid balaie le toit de l'immeuble, des flocons de neige volent autour d'eux, la nuit enserre dans son étau l'hélicoptère, dont les moteurs hésitent à démarrer. Après quelques tentatives, le pilote parvient à lancer les rotors, les lumières du tableau de bord clignotent joyeusement dans tous les sens, on sent bien que ce ne sont pas elles qui vont partir à l'assaut.

Pour Tom c'est une situation « de guerre » totalement nouvelle, si loin de sa toute première enquête limitée au quartier de l'Odéon où il s'agissait de surveiller la frivole Ginou Gonfermon dans ses rendez-vous adultérins.

Le vol de nuit sur la ville endormie est poétique, le palais royal, la Storkyrkan, Rosenbad, tous ces monuments sont éclairés. Les rues sont désertes, on distingue bien les différentes îles qui composent Stockholm, les bras de mer noirs qui les étreignent, les ponts qui bondissent d'une île à l'autre.

Rapidement les lumières de la ville puis des faubourgs disparaissent, la forêt sombre les happe, puis très vite les lumières chiches du port de Winterhamn leur clignent des yeux.

Axel Ericsson, sur le quai, a vu arriver l'aéronef, sa polis-vedette est prête. Il accueille les policiers, s'adressant d'abord à Klaes :

— Je t'ai laissé un message à propos de ce Björn, explique Axel.

— Oui, je l'ai lu, tout s'est bien passé ?

— Oui, il est arrivé au ponton de Svartö vers 23 heures, il devait avoir un bon GPS parce que naviguer dans le noir entre ces ilots n'est pas de tout repos. Il a amarré son hors-bord, puis grimpé l'escalier à toute vitesse, nous l'avons perdu de vue quand il a foncé vers la maisonnette, alors on s'est approché sans bruit, deux de mes hommes ont sauté sur le ponton, ont balancé trois grenades sur le hors-bord qui a coulé rapidement, puis ils ont couru vers notre vedette. Nous avons démarré à fond, mais les explosions avaient fait sortir de la maison des types, l'un d'eux s'est mis à nous tirer dessus, mais nous étions déjà trop loin, nous n'avons pas cherché à répliquer, du fait que je n'avais pas d'ordre en ce sens.

— Tu as bien fait, Axel !

Tous embarquent sur la Polis-vedette, le départ est prévu dans cinq minutes, Klaes reçoit un appel, c'est le commandant de la corvette Kiruna :

— Tout va bien, commandant ? s'inquiète Klaes.

— Un hélicoptère de la Marine russe vient d'atterrir au sommet de Svartö, crie tout excité Sven Nykvist.

— Quoi ? quand cela ? balbutie Klaes.

— Il n'y a même pas 10 minutes, c'est un hélicoptère Kamov, de nuit ce n'est pas facile de voir de quel modèle précis il s'agit, j'ai fait légèrement déplacer le Kiruna pour avoir une vue directe sur l'engin, mon second me dit qu'il a compté onze militaires ayant débarqué du Kamov, ils se sont engouffrés dans la maisonnette.

— Onze ? et tu crois, Sven, qu'il en reste dans le Kamov ?

— Forcément, au moins quatre ou cinq, ce Kamov c'est une grosse bête, il peut être équipé de deux mitrailleuses sur chaque côté, j'ai déjà prévenu le capitaine du Stridsbåt CB90 d'assaut, Torsten Lybeck, qui a vingt hommes de troupe à son bord. J'ai aussi contacté le capitaine de l'hélico Black Hawk, c'est Carl Ulner, il va être obligé de se poser à côté du Kamov, ce qui peut être très dangereux pour lui et ses hommes.

— Il faut que je réfléchisse, cela peut tout changer sur notre façon de mener l'assaut.

— Pour info il faut aussi que je te dise que, hier soir en arrivant, j'ai envoyé des plongeurs repérer la grotte : le sous-marin est bien là, garé en marche avant, il n'a pas de tubes lance torpilles, c'est bon pour nous. D'ailleurs il n'a pas l'air de faire partie de la Marine russe.

— Cela veut dire quoi ?

— Il ne porte aucune marque, ce pourrait être même un modèle civil.

— Civil ?

— Enfin je veux dire, peut-être opéré par une organisation privée.

— Une milice ?

— Disons une organisation liée « de loin » aux forces russes.

— Je vois, Sven, ce que tu veux dire, on creusera la question plus tard, donc tu disais ?

— Oui, mes gars ont repéré sur le quai quatre hommes d'équipage en tenue de sous-mariniers, ainsi que trois types sans uniforme armés jusqu'aux dents. Ils étaient tous en train de brûler des documents ou de charger des caisses dans le sous-marin.
— Tes gars ne se sont pas faits repérer ?
— Si, un des types leur a tiré dessus, ils ont plongé, sont revenus sans problème, mais les gars sur l'île savent maintenant que nous les attendons à la sortie de la grotte, conclut Sven, pessimiste.

Klaes ordonne à Axel d'appareiller sur le champ avec son Polis-Stridsbåt aux couleurs bleu et jaune de la police suédoise. Une fois que le bateau a pris sa vitesse de croisière, Klaes saisit son talkie-walkie fourni par le ministère de la Défense pour rester en contact avec les trois équipes militaires:
— J'appelle Carl Ulner, commissaire principal Klaes Gustavsson à l'appareil.
— Ici Carl, bonjour Klaes.
— Bonjour Carl, tu es au courant pour le Kamov ?
— Oui, Sven du Kiruna vient de me le dire.
— Tu peux te poser à côté de lui ? il n'y a guère d'autre endroit que le sommet de l'îlot pour se poser.
— Si je n'ai pas le choix, je le fais, je me pose en évitant d'être pile face à l'avant du Kamov, il a normalement deux grosses mitrailleuses, puis je débarque mes gars en vitesse, mon BlackHawk dégage, mais toute cette manœuvre va être très risquée, si les mitrailleuses peuvent nous viser, cela peut être un carnage pour nous.
— Bon, soupire Klaes qui réfléchit à toute allure, je modifie le programme, alors écoutez tous, vous êtes tous en ligne, Sven aussi ? et toi Torsten ?

— Oui, c'est bon pour moi, fait Torsten, pour moi aussi ajoute Sven.

— Alors à 5 heures 30 précises, Sven tu fais tirer au canon par ton Kiruna sur le Kamov, tu le pulvérises, il n'a rien à faire sur notre territoire.

— C'est une bonne entrée en matière ! interrompt Sven Nyqvist.

— Oui, mais nous n'avons pas le choix, commente Klaes, je poursuis : à 5 heures 32, Carl, tu atterris avec ton hélico à côté des débris du Kamov, tu débarques tes hommes qui doivent prendre d'assaut la maison. À la même heure Torsten tu accostes comme tu peux avec ton Stridsbåt, sur l'autre versant, côté Est de Svartö. Vous grimpez en faisant attention à la pente rocheuse, vous prenez à revers la maison. S'il n'y a pas d'ouvertures dans le mur en pierre, tu envoies des gars sur le toit, qu'ils le défoncent pour balancer quelques grenades à l'intérieur. Attendez tous, Tom, le détective privé qui travaille avec nous sur cette enquête, a une question à me poser.

— Oui, Klaes ce serait mieux de capturer Lars vivant, de récupérer Björn aussi vivant, de même pour Gunilla si jamais elle est prisonnière là-dedans, alors qu'avec les grenades…

— OK, bon, les gars, pas de grenades par le toit. Essayez d'épargner deux ou trois civils qui sont avec les Russes. Nous, sur le Polis-Stridsbåt d'Axel, nous débarquerons sur le ponton de Svartö, côté Ouest, dès 5 heures 30 aussi. Bonne chance à tous.

Chapitre 25
Gloria (l'assaut)

Il est 5 heures 25, il fait déjà jour, même si le soleil ne s'est pas encore vraiment levé, il aura du mal à percer la couche de nuages gris qui s'amoncèlent sur l'Archipel, poussés par un vent turbulent, il fait frais, peut-être 5°, le temps est à la pluie et aussi à la neige, dont les premiers flocons cherchent à survivre sur le sol mouillé.

Le Polis-Stridsbåt est en vue de Svartö, « on est à deux minutes du ponton de Svartö » confirme Axel à Klaes, qui décide de ne pas approcher plus près, dissuadé par la masse sombre et menaçante du Kamov.

A 5 heures 30 précises, un premier tir provenant de la corvette Kiruna touche de plein fouet le Kamov qui sursaute de surprise, puis deux autres tirs, le réservoir a dû être touché car l'hélicoptère explose dans un bruit de tonnerre. La carcasse du

Kamov en flammes, qui gît sur le flanc, manque de glisser sur la pente mouillée vers la mer.

Axel lance sa vedette vers le ponton, survolé par le Sikorsky Black Hawk de Carl Ulner qui atterrit à quelques mètres du Kamov.

Klaes et ses hommes débarquent, l'équipe d'Axel prend position sur le ponton pour protéger la Polis-vedette. Klaes monte l'escalier raide aux marches en bois à la rencontre de Carl Ulner et de ses militaires du Black Hawk. Il se presse et glisse sur une marche, Henrik derrière lui ne peut le retenir, Klaes s'affaisse sur la roche mouillée, dans son élan il ne trouve aucune prise à laquelle il pourrait s'accrocher, entrainé par son poids il prend de la vitesse, sa tête cogne fortement contre le granit, son corps inconscient plonge dans l'eau glacée. Deux hommes d'Axel plongent pour l'agripper avant qu'il ne coule.

C'est exactement ce qui n'aurait pas dû se passer, Henrik doit redescendre pour prendre des nouvelles de Klaes, Elena et Tom se sont arrêtés à mi-pente sur l'escalier.

Klaes a été hissé sur le ponton, il a une blessure à la tête qui saigne abondamment, il est inconscient, Henrik interpelle Axel, « occupe-toi de lui, appelle un hélico sanitaire, il y en a deux en attente à 2 km d'ici, positionnés avec les renforts en réserve de la Marine suédoise, envoie Klaes d'urgence à l'hôpital de Nacka, c'est le plus proche. Préviens aussi l'amiral Sten Tolgfors qui pilote de son quartier général les forces militaires, dis-lui que je prends la direction des opérations ».

Tom est recroquevillé sur lui-même, accroupi dans le froid sur l'escalier, la neige lui cinglant maintenant le visage. Elena reste stoïque en attendant Henrik, « on va en baver » estime-t-elle en faisant la moue.

La neige frappe par bourrasques violentes les visages des policiers, la visibilité est réduite, les premiers coups de feu se font entendre, Henrik a rejoint Elena et Tom, tous trois progressent prudemment sur l'escalier mouillé en baissant la tête, ils finissent par s'allonger sur le sol, non loin des deux hélicos. Ils ont une vue sur la maisonnette d'où partent des rafales de pistolet-mitrailleur.

Les hommes de Carl Ulner, le chef de l'équipe du Black Hawk, sont à plat ventre au pied de l'hélico, à la recherche du moindre rocher pour s'abriter des tirs nourris venant de la maison qui les clouent au sol.

Pour prendre contact avec Carl, Henrik se redresse. Il parcourt à grandes enjambées la courte distance qui le sépare du Black Hawk, une rafale le fauche aux jambes, il s'écroule blessé. Carl et son second bondissent pour le trainer au plus vite à couvert derrière la masse du Black Hawk sur lequel rebondissent des dizaines de balles tirées par les Russes. Carl appelle Axel sur le ponton pour qu'il envoie deux hommes le mettre à l'abri, lui prodiguer les premiers soins, avant de le faire évacuer aussi de Svartö.

Elena jette un œil à Tom, les deux sont à plat ventre, n'osant plus bouger. Tom ne sait plus que faire, que penser, il regarde Elena comme s'il ne l'avait jamais vue, non, plutôt comme s'il la voyait pour la dernière fois.

Visiblement les militaires semblent mieux entraînés que les policiers à esquiver les tirs ennemis...

Un bruit derrière lui, Tom sursaute inquiet, mais non, ce sont trois policiers de la Polis-vedette d'Axel venant chercher Henrik, qui se tord de douleur.
Henrik est conscient, de loin il aperçoit Elena. Par un signe il lui enjoint de prendre le commandement pour la police.
Les trois policiers l'emportent vers la vedette, alors qu'un déluge de balles s'abat toujours sur le Black Hawk.

Tom aperçoit au loin, en se retournant, l'hélico sanitaire qui va prendre en charge Klaes inconscient, Elena veut suivre la manœuvre, Henrik va se faire évacuer en même temps que Klaes par hélitreuillage.

Les hommes de Carl sont toujours bloqués au sol par les tirs des défenseurs, ils ripostent faiblement. La solution ne peut venir que des marins du Stridsbåt d'assaut de Torsten Lybeck, avec qui Carl prend contact :
— Mes hommes viennent de débarquer sur Svartö, ils sont douze, j'en laisse huit en réserve sur le bateau, informe Torsten.

De loin, à travers la pluie et la neige, Carl aperçoit des ombres à travers les bourrasques, ce sont les marins de Torsten se faufilant pour atteindre l'arrière de la maison.

Ne trouvant pas d'ouverture, renonçant à attaquer par le toit, option rejetée par Klaes, ils longent la maison jusqu'à arriver au coin de la façade principale trouée par trois ouvertures, la porte dégondée et deux fenêtres aux vitres brisées. Derrière ces ouvertures, les soldats russes déposés par le Kamov se battent furieusement, de temps en temps on entend un cri, un homme touché de plein fouet.

La situation est bloquée, les hommes de Carl Ulner n'ont pas progressé d'un pas. Torsten fait signe à Carl d'arrêter de tirer.

Surpris par l'attitude des hommes de Carl qui semblent renoncer, les Russes réduisent leurs tirs.

L'équipe de Torsten est maintenant assurée de ne pas être sous le feu des hommes de Carl quand ils vont ramper le long de la façade principale.
Les Russes ne peuvent pas se rendre compte que Torsten et ses marins vont attaquer cette façade, précédemment pilonnée par l'équipe de Carl.
Torsten donne ses ordres, il envoie deux équipes de trois militaires se positionner en rampant , chacune sous une fenêtre. Une manœuvre dangereuse !
Les six suivants attendent au coin de la maison, prêts à les remplacer.

Au signal de Torsten, c'est l'assaut, ceux qui sont sous les fenêtres se lèvent et arrosent à bout portant les défenseurs dans la pièce, les hommes de Carl franchissent la vingtaine de mètres qui les sépare de la maison pour tenter de forcer le passage par la porte.

C'est l'assaut général façon Fort Alamo, une odeur de poudre, les crépitements des armes automatiques, les cris des soldats touchés, blessés. Sur le pas de la porte ce sont presque des combats au corps à corps.

Dehors au pied des fenêtres quatre hommes de Torsten sont au sol, leur gilet pare-balle et leur casque les ont peut-être protégés, Torsten, un grand blond, massif, vient les secourir, tandis que quatre militaires les remplacent aux fenêtres.

Quelques longues minutes se sont écoulées, jusqu'à ce que les tirs s'arrêtent. Des cris, des plaintes de blessés des deux camps déchirent le silence des armes sur la scène de bataille.

Elena et Tom s'approchent précautionneusement , ils franchissent avec prudence le seuil de la maison.

Tom avance au milieu des corps, soudain il aperçoit Lars, assis ou plutôt affalé contre un mur, près de l'escalier de pierre qui mène à la salle de l'étage inférieur. Lars se tient le côté droit du ventre, les mains pleines de sang. Il a laissé tomber sa Kalashnikov à quelques mètres de lui.

Tom se tourne vers Elena, qui cherche des survivants, et notamment Björn.

Il s'approche d'Elena, le visage sombre, « passe-moi juste ton pistolet, Elena » dit-il, comme il aurait dit « passe-moi le sel », Elena qui croit avoir vu Björn un plus loin à terre, lui donne son Sig Sauer, sans se demander pourquoi.

Tom fait demi-tour, s'approche de Lars qui a les yeux hagards, le souffle court en le voyant approcher.

Il s'arrête à ses pieds. Il tient son arme le long de sa cuisse.

Lars commence à comprendre ses intentions, il a de la peine à y croire, il secoue négativement la tête. Tom soulève lentement le bras, lui tire une balle dans le genou.

Le cri de Lars et le bruit du tir font sursauter les militaires qui se trouvent dans la pièce. Certains pointent même leur arme en direction du tireur, mais Tom porte son brassard « Polis », alors rien ne se passe.
Par contre Elena commence à comprendre l'idée qui trotte dans la tête de Tom.

Elle se précipite vers Tom, « non, Tom, ne fais pas ça ! ».

Tom tourne la tête vers elle, avec un regard si triste, des larmes lui coulent le long du visage.

Elena n'ose plus bouger, elle est comme pétrifiée.

Tom lui fait un geste du bras pour lui signifier de ne plus bouger, la dizaine de militaires se sont figés aussi.

Tom fixe du regard Lars qui halète, qui semble implorer la clémence.
Il lève le bras droit, au bout duquel pointe le Sig Sauer vers Lars.
Quelques longues secondes s'égrènent, un silence total s'est abattu sur la pièce.

Tom voit défiler dans sa tête les images perdues du bonheur, soudain l'émotion le submerge. Il appuie sur la gâchette, une balle part dans l'œil droit de Lars, tué instantanément, Tom continue, une deuxième, une troisième balle, il allait ainsi vider le chargeur dans la tête en bouillie de Lars, mais Elena vient doucement retirer des mains de Tom l'arme fumante.

Tom se laisse faire, Elena lui glisse des mots d'apaisement à l'oreille, le prend par l'épaule pour l'entrainer dehors.

Les deux enquêteurs sont adossés au mur extérieur de la maison, dont le crépi est troué d'impacts de balles. Les bourrasques ont forci, la neige mouillée ne parvient toujours pas à tenir sur le sol, la visibilité est réduite :
— Cela va, Tom ?
— Oui, Elena.
— Björn est mort aussi.
— Tu l'as trouvé ?
— Oui, allongé par terre à l'autre bout de la pièce, il a aussi pris une balle.
— Ah oui ?
— Oui, dans le dos...
— Comment cela ?
— Je pense que c'est Lars qui l'a flingué.
— Ah ?

Elena sent que Tom n'est pas en état de poursuivre, alors elle lui dit de rester où il est, car il faut encore s'occuper des Russes qui sont sur le quai.

D'abord nettoyer la maison : Elena interpelle Carl et Torsten, ils se rassemblent tous trois sur le pas de la porte :
— Vous avez beaucoup de victimes dans vos équipes ? s'inquiète-t-elle.

— J'ai un mort dans mon équipe, annonce Torsten, quand on a pris d'assaut la maison par les fenêtres, il a été tué à bout touchant, j'ai aussi trois blessés, qui ne doivent la vie qu'à leur équipement, leur gilet pare-balles, mais ils s'en sortiront, je vais les faire évacuer.
— De mon côté pas de morts, mais quatre blessés plutôt légers, ajoute Carl. Je préfèrerais évacuer mes gars valides sur ton bateau, Torsten, si tu as de la place pour nous..
— Pas de problème, sourit-il, je vais m'amarrer au ponton, de l'autre côté, qu'ils embarquent là en bas !
— Mon problème, poursuit Carl, concerne mon hélico Black Hawk, je ne suis pas sûr qu'il puisse décoller sans avoir eu une vérification complète. J'enverrai dans l'après-midi une équipe de mécaniciens vérifier mon appareil
— Bien les gars, mais auparavant, après avoir pris soin de vos hommes, sortez tous les Russes de cette maison, alignez à part les morts, donnez les premiers soins aux blessés.

Elena reçoit un appel radio :
— Elena Wijkander?
— Oui.
— C'est l'amiral Sten Tolgfors, je t'appelle car Klaes et Henrik sont apparemment hors de combat pour l'instant.
— Oui, confirme Elena.
— Il faudrait rapidement finir l'opération, j'ai été contacté par l'amiral russe commandant la flotte de la Baltique, il n'a pas l'air très content, si tu vois ce que je veux dire...
— Non, je ne vois pas du tout, claque Elena.
— Mais voyons, la police a ordonné un tir de ma corvette sur leur hélicoptère Kamov !
— Amiral, les Russes ont envahi une partie de notre territoire, nous pourrions aussi bien leur déclarer la guerre…

— Elena, tu dois avoir eu une dure journée…
— Elle n'est pas finie, je te rappelle plus tard, il nous reste le sous-marin à traiter.
— Ma foi, oui, mais l'amiral russe m'a dit que si dans une heure la situation n'est pas apaisée, il envoie des missiles sur cet îlot.
— Dans une heure ? parfait, à très bientôt.

Pendant cet échange de vues avec l'Amirauté, Elena entendait des coups de feu, alors elle se précipite dans l'escalier de pierre menant à cette salle d'où on accède aux quais par l'échelle métallique, elle découvre Carl et Torsten qui finissent de remonter par cette voie :
— Où en est-on ? demande Elena.
— C'est bon, on a réglé ce problème, explique calmement Torsten qui l'a rejointe, pendant qu'on attaquait la maison, les plongeurs de la corvette Kiruna ont investi le quai, ils ont fait prisonniers les quatre marins. Les trois autres types, dont on ne sait toujours pas si ce sont des espions, se sont repliés dans un abri sur le quai, ces durs à cuire nous ont donné du fil à retordre, notre tireur d'élite les a quand même eus, un par un.
— Tu veux dire…hésite Elena.
— Oui, oui, les corps sont allongés là-bas, sur le quai, précise Torsten. On a contacté le commandant du Kiruna, Sven Nyqvist, on va procéder à la dernière étape, nous laissons les marins russes regagner leur submersible et sortir.
— Ah bon ? s'étonne Elena.
— Oui, Sven va faire pivoter le Kiruna de manière à surveiller la sortie du sous-marin russe et tirer si nécessité.
— Nécessité ? interroge Elena.
— Oui, dès qu'ils sortiront, il devrait y avoir nécessité, sourit Torsten.

Quelques minutes plus tard, le sous-marin sort de la grotte en marche arrière. Le Kiruna est à 200 mètres de là, l'avant pointé vers la grotte. Ordre avait été donné au submersible de rester visible en surface, mais à peine sorti il plonge, voulant esquiver la menace que constitue pour lui la corvette Kiruna.

Sven, le commandant du Kiruna, est resté en contact radio avec Elena, Torsten et Carl :

— Vous avez vu la manœuvre du sous-marin, s'exclame Sven, j'ai quelques secondes pour prendre une décision.

— Pour moi c'est Ok, réplique tout de suite Torsten.

— Idem pour moi, ajoute Carl.

— D'accord pour quoi, bredouille Elena.

— Mais je suis en état de légitime défense, Elena, fulmine Sven.

— Ah bien, alors dans ce cas… conclut Elena, qui s'interroge sur le type de menace.

— Ok, termine Sven.

La vue sur la mer avec les rafales de neige est spectaculaire, la corvette à la silhouette fantomatique, plus loin les gros bouillons d'eau de mer qui se referment sur le sous-marin en plongée, tout cela forme un tableau dantesque, mais personne sur l'île ne songe un instant à s'extasier.

Sven n'a plus le choix, le submersible est hors de portée de son canon de 57 mm, il reste les torpilles, pour lesquelles Sven donne immédiatement l'ordre de mise à feu.

Elena et Tom aperçoivent les remous des torpilles en action, à peine quelques secondes s'écoulent avant l'explosion du sous-marin qui doit être à peine à cinq ou dix mètres de profondeur.

Des gros tourbillons dans l'eau signent les derniers soubresauts du sous-marin touché à mort.

Ils entendent à ce moment-là un grand bruit de ferraille qui les fait sursauter, ils se retournent. Ils aperçoivent la carcasse disloquée, toujours en flammes, du Kamov pivoter dans la pente abrupte de l'îlot, rebondir dans sa chute, pour finir à grand fracas dans les eaux sombres qui battent les flancs de Svartö.

Elena interpelle ses deux collègues militaires :
— J'ai eu votre amiral, il parait qu'un amiral russe veut envoyer un missile sur Svartö d'ici une petite heure, je propose qu'on évacue. Au fait vous avez des explosifs ?
— Oui, bien sûr, intervient Torsten avec un sourire, je suis équipé pour toutes les situations qui peuvent se présenter.
— Bon, alors on fait sauter les installations de la grotte, de manière à rendre tout inutilisable mais il faut faire vite.
— Je m'en occupe, appuie Torsten.

Elena cherche partout Tom. Elle finit par descendre sur les quais de la grotte, où elle le découvre qui vient à sa rencontre avec des dossiers sous le bras :
— Que fais-tu ici ? on va faire bientôt sauter la grotte, viens, remonte avec moi, lui intime Elena.
— J'arrive, sourit désabusé Tom qui a un peu repris son sang-froid, je suis descendu voir si Gunilla pouvait être enfermée ici, j'ai fait le tour, mais je n'ai rien découvert. Par contre j'ai trouvé dans le local, à côté des corps des trois sbires inconnus, sans doute ceux qui ont attaqué le bateau-grue, un coffre à moitié ouvert, j'ai pris des dossiers, c'est écrit en russe, on pourrait peut-être les faire traduire ?
— Bonne idée, mais viens maintenant avec moi.

Une fois remontés des quais, ils sont appelés par Carl en sortant de la maison :
— Le chef du commando russe, qui est blessé là-bas, demande à te parler, Elena.
— Je ne parle pas russe !
— Il va te parler en anglais, cela a l'air important, viens.
— Oui, mais avant je dois te demander de t'occuper des corps des deux civils, Lars, que Tom a un peu défiguré, et Björn. Tu les trouveras sans peine dans la maison, habillés en tenue civile.
— Je m'en occupe, allons voir le chef russe.

Ils s'approchent d'un grand gaillard blessé à la cuisse et à l'épaule droites, affalé contre un petit rocher, il tient un téléphone ou une radio, difficile à distinguer.
Elena s'arrête à ses pieds :
— Bonjour, je suis Elena Wijkander, mes deux chefs ont été blessés dans les combats, c'est moi qui commande les forces suédoises.
— Je suis Igor Ivanov, commandant du Kamov qui a atterri ici…
— Quelles sont tes pertes, Igor ?
— Dix morts, cinq blessés, mais je dois te passer l'amiral de notre flotte qui veut te parler.
— Ici, maintenant ?
— Oui, c'est urgent, menace Igor.
— Bien, d'accord, accepte Elena qui tourne en même temps la tête vers Tom comme pour solliciter son avis, mais Tom reste muet.

Igor lui tend son combiné radio, Elena hésite à le saisir, de la tête il lui enjoint de le prendre :
— Elena Wjikander, inspectrice de police de Stockholm à l'appareil.
— Bonjour, je suis Svetlana Chestakova, interprète auprès de l'amiral Stepan Birilev, commandant la flotte russe de la Baltique.
— Bonjour, que voulez-vous ? Elena s'est raidie.
— L'amiral Birilev te prie de le rencontrer de toute urgence à l'ambassade de Russie à Stockholm dans une heure, il est 11h30, alors disons 12h30 l'adresse est...
— Je la connais, Gjörwellsgatan 31 à Marieberg, mais quel est l'objet de cet entretien ?
— L'amiral suspend le bombardement de l'île le temps de nos entretiens, il demande le secret total sur les opérations de guerre qui ont eu lieu, il demande que la marine suédoise empêche tout bateau, notamment de journalistes, de s'approcher à moins de deux kilomètres de l'île, l'objet de notre entretien est la récupération de nos hommes et de nos matériels.
— ...hum..., Elena se tourne vers Tom, les sourcils levés, une moue aux lèvres, elle a vraiment envie d'envoyer balader l'amiral, Tom lui fait signe d'accepter, elle réfléchit, elle n'a aucun moyen de contacter sa hiérarchie.
— Alors ? fait doucement Svetlana, dont le ton étonne curieusement Tom.
— D'accord, dans une heure je viens avec le détective français Tom Randal qui participe à notre enquête concernant la disparition de Gunilla Lundberg, tu vois de qui je veux parler ?
— Nous vous attendons dans une heure là-bas, répond paisiblement Svetlana, elle raccroche.

Elena tend son combiné à Igor.

Un bruit sourd d'explosion fait sursauter tout le monde :
— Ce sont les installations de la grotte, rappelle Torsten.
— Oui, c'est vrai, acquiesce Elena qui ajoute pour Carl et Torsten: faites envoyer une équipe médicale pour donner les premiers soins aux blessés russes, ils seront récupérés plus tard par des collègues à eux.
— Quand cela ? interroge Torsten.
— Je ne sais pas encore, sans doute en fin de journée, quant aux morts, faites-les mettre dans des sacs plastiques.

Elle et Tom prennent ensuite congé des chefs militaires qu'ils remercient vivement pour leur intervention, s'en vont vers le ponton, mais la Polis-vedette n'est pas là. Ils s'inquiètent car ils préfèrent quitter l'île avant que les Russes ne changent d'avis, on ne sait jamais, s'ils bombardent quand même Svartö...

Un instant plus tard la Polis-vedette apparait avec Axel qui leur explique qu'il a déposé des blessés à Sandhamn, d'où un hélicoptère sanitaire les a transportés vers un hôpital, sans doute Nacka :
— Au fait, comment vont Klaes et Henrik, tu as de leurs nouvelles ? s'inquiète Elena.
— Ils ne sont pas trop atteints, enfin...Klaes a eu le crâne un peu ouvert dans sa chute, j'espère qu'il n'a pas une fracture du crâne, il a aussi une fracture du bras gauche. Henrik a perdu beaucoup de sang, il faudra lui retirer la balle qu'il a encaissée dans le haut de la jambe.
— Viens, Axel, on s'éloigne, je n'y crois pas mais il y a un risque théorique qu'un navire russe nous envoie un missile sur Svartö d'ici environ une petite heure.

Tandis que la vedette démarre, Elena appelle Sven pour le remercier de son aide et de la précision de ses tirs. Elle lui conseille de s'éloigner un peu, mais d'attendre les ordres de son amiral, car des négociations vont se dérouler avec les Russes. Elle ajoute que ce serait bien si la Marine pouvait sécuriser la zone en cernant les alentours de Svartö avec des Stridsbåts d'assaut.

Sven Nyqvist confirme que la Marine a disposé, à deux kilomètres de l'île, des renforts en cas de nécessité, il va donc en référer à l'amiral Sten Tolgfors en vue de faire déployer des bateaux rapides formant une sorte de cordon « sanitaire » autour de Svartö.

Elena le remercie à nouveau, raccroche. Elle sourit à Tom, concluant « et maintenant à l'ambassade russe ! »

Chapitre 26

La matinée est déjà bien avancée quand la Polis-vedette accoste au ponton de Winterhamn, la neige s'est un peu calmée, le sol est trempé.
Elena et Tom saluent chaleureusement Axel. Ils sautent sur le quai, mais Tom s'aperçoit qu'il a oublié dans la vedette son dossier russe pris à Svartö, alors il saute dans la vedette le chercher, puis il revient sur le quai avec le sourire en brandissant sa prise « je ne sais pas ce qu'il y a dans ces dossiers, on verra bien ». Sur ces entrefaites ils font un petit signe d'adieu à Axel tandis que la vedette quitte le quai.

C'est à ce moment-là qu'ils aperçoivent un photographe, peut-être un journaliste, les prenant en photo avant de s'esquiver.

Elena constate que l'hélicoptère Agusta, qui a dû servir à transporter des blessés, arrive seulement maintenant de retour de sa mission, « ah, juste à temps ! » marmonne Tom.

Dans leur tenue trempée qui a souffert dans la bagarre de Fort Alamo, la policière et le détective décompressent. Ils retirent chacun leur gilet pare-balle qui pèse.

Elle demande au pilote de l'hélicoptère de les conduire d'abord à l'hôpital de Nacka pour rendre visite à Klaes et Henrik.

Dès leur arrivée à l'hôpital, ils ont la chance d'intercepter Henrik qu'on emmène en salle d'opération pour l'extraction de la balle. Ils arrêtent le brancardier, prodiguent des encouragements au malheureux Henrik. Celui-ci a le teint terreux, beaucoup de sang perdu, mais il sourit, « merci les amis d'être passé me voir ! ». Les infirmiers impatients interrompent la discussion. Elena lui sourit avant qu'il ne soit emmené.

Toujours accompagnée de Tom, elle se renseigne concernant Klaes, apprend qu'il est hospitalisé au 3ème étage.

Ils trouvent Klaes déjà raccommodé, un grand turban blanc autour de la tête, le bras dans le plâtre, allongé tranquillement sur son lit, il a quand même l'air sérieusement sonné :
— Ah vous voilà ! quelle aventure, aujourd'hui, non ? salue Klaes d'une voix faible, alors racontez-moi !
— Mais toi, d'abord, interrompt Elena, tu étais évanoui quand on t'a emmené en hélico.
— Oui, mais je suis revenu à moi rapidement, ici ils veulent juste savoir si je n'ai pas de traumatisme crânien, je dois passer

un examen cet après-midi, bon alors comment se sont passées les opérations ?

— La corvette Kiruna a explosé l'hélicoptère russe Kamov puis torpillé le sous-marin russe à sa sortie. Dans l'assaut de la maison nos militaires déplorent un mort et sept blessés. Lars est mort dans l'attaque, Björn aussi, d'une balle dans le dos... À la fin, nos militaires ont fait sauter les installations de la grotte. Tom a ramené des dossiers écrits en russe qu'il a trouvés dans la grotte juste avant qu'on ne parte, voilà en gros.

— Et les Russes ? fait Klaes.

— Dix militaires sont morts et cinq sont blessés, les marins du submersible, qui n'appartiendraient peut-être pas à la flotte russe, sont morts quand la corvette a torpillé leur bâtiment. Il y avait trois types non identifiés qui ont été descendus par nos militaires sur le quai.

— J'ai déjà eu un appel du ministère de la Défense sur le côté « débridé » de votre attaque, étonnant que les Russes n'aient pas encore envahi Stockholm ! sourit faiblement Klaes.

— Svartö était une base bien pratique pour leurs petits trafics d'infiltration, conclut Elena légèrement irritée.

Après un silence, Elena doit informer Klaes :

— L'amiral qui commande la flotte russe de la Baltique m'a demandé de le voir dans les locaux de l'ambassade de la Fédération de Russie dans une demi-heure, j'ai accepté.

— Que veut-il ?

— Organiser le rapatriement de ses hommes, récupérer ses matériels en toute discrétion.

— Quand ?

— Sans doute cette nuit…

— Je n'y vois pas d'inconvénient, mais sous notre contrôle.

— Elena accepte que je l'accompagne, ajoute Tom, je souhaiterais leur demander des explications claires sur le sort de Gunilla en échange de l'accord pour ce rapatriement.
— Pourquoi pas, concède Klaes, mais procédez avec discernement.
— Tu peux compter sur nous, Klaes, tu sais bien, sourit Elena.
— C'est bien, les enfants, je peux vous appeler ainsi, non ? j'ai presque le double de votre âge, bon, je vous couvre dans cette dernière opération. Toi, Tom, tu es libre comme l'air, tu restes quelques jours avec nous pour profiter de notre ville ?
— Non, je reviendrai peut-être, mais là non, je pars demain, la famille de Lotta m'a convié à la cérémonie religieuse à Uppsala demain matin, dans l'après-midi je prendrai un vol de retour pour Paris.
— Bien, alors j'ai été très content de faire ta connaissance, j'ai apprécié ton aide dans ce dossier compliqué.
— Merci, Klaes, je te remercie aussi de m'avoir accepté dans ton équipe, conclut Tom.

Chapitre 27

Arrivés à 12 heures 20 sur le toit du quartier général de la police, ils remercient les pilotes de l'hélicoptère, puis descendent en ascenseur les sept étages.

Tom demande à Elena s'il est possible de faire traduire le dossier russe qu'il tient toujours avec précaution sous son bras, « pas de problème, nous avons ici un bureau d'interprètes ».

Elena l'emmène dans un couloir près de l'entrée de l'immeuble où se trouve ce bureau, elle y pénètre, donne les instructions nécessaires, à la suite de quoi les deux enquêteurs sortent sur le parking où les attend la voiture de fonction de Klaes aux couleurs de la police suédoise.

A 12 heures 30 ils se présentent à la grille de l'ambassade de la Fédération de Russie, d'où on aperçoit à travers les frondaisons des arbres un bâtiment moderne à deux niveaux.

Le portail s'ouvre immédiatement sans identification, ce qui n'est pas la règle dans ces lieux, mais ils sont surveillés. Leur chauffeur gare la voiture devant l'entrée de l'ambassade.

Une jeune femme souriante les accueille, « je suis Svetlana, bienvenue », elle s'approche d'Elena, lui serre longuement la main, puis c'est au tour de Tom. Svetlana le regarde intensément, Tom tombe immédiatement sous le charme de cette beauté slave, elle lui prend la main droite dans ses deux mains, un accueil plus que chaleureux, mais Tom sent qu'elle lui glisse dans la paume de sa main un tout petit objet. Il a le réflexe de vouloir retirer vivement sa main, qu'elle retient fermement en la secouant comme pour accentuer un accueil enthousiaste.

Svetlana leur fait signe de la suivre, Tom a refermé sa main sur l'objet qu'il n'ose pas regarder, il est sans doute surveillé, inversement il espère qu'il ne risque pas d'être intoxiqué par cet objet, le passé récent est jonché de ce genre d'empoisonnements.

Ils suivent Svetlana dans un escalier très large aux marches en marbre, Tom apprécie la silhouette élancée, la taille fine, les jambes longues de Svetlana, il constate qu'Elena à ses côtés en profite de même.

A l'étage, un garde ouvre les portes d'une grande salle, Svetlana les invite à entrer et à prendre place. Une grande table en bois clair occupe le centre de la pièce, l'amiral et deux adjoints se lèvent, ils viennent les saluer d'une poignée de main ferme mais sans emphase, puis reprennent leur place.

Ils s'assoient en face d'eux, Tom en profite pour jeter un œil discrètement à l'objet que Svetlana lui a glissé dans la main, c'est une clé USB qu'il glisse subrepticement dans sa poche.

Svetlana se place à la droite de l'amiral Stepan Birilev, un homme râblé, massif, le visage tanné par le soleil et le vent de la Baltique, la peur ne fait apparemment pas partie des sentiments qu'il puisse connaître.

Svetlana, en tenue pseudo-militaire vert sombre, a un visage fin, des traits eurasiens, yeux en amande, nez effilé et surtout ce regard intense.

Les deux adjoints à la gauche de l'amiral ne se présentent pas. Ils sont habillés en civil.

L'amiral tient un petit discours à Svetlana qui hoche la tête tout en prenant des notes.

Elle s'éclaircit la voix :

— L'amiral Birilev vous souhaite la bienvenue. Il vous renouvelle sa demande faite par téléphone il y a une bonne heure, à savoir que nous voudrions récupérer nos hommes et nos matériels cette nuit en toute discrétion.

— Vos hommes sont toujours sur Svartö…

— Svartö ?

— C'est ainsi que nous appelons cette île, les cinq blessés sont à l'abri dans la maisonnette avec une équipe médicale de notre Marine. Les dix morts sont dans des sacs plastiques.

— Et les matériels ?

— L'hélicoptère Kamov a glissé dans la mer non loin des pontons, le sous-marin gît par 40 mètres de fond de l'autre côté de l'île.

— Vous en avez les coordonnées GPS exactes ?

— Oui, précise Elena, le visage sévère.

— Bien, nous souhaitons donc venir avec nos navires équipés de grues pour les récupérer. Comme nous serons à ce moment-là dans vos eaux territoriales, il nous faudra votre accord.

— J'ai une question importante auparavant, intervient Tom qui sent Elena à ses côtés remuer sur sa chaise, je voudrais que vous me disiez ce que vous avez fait de Gunilla Lundberg.

Un lourd silence s'installe. Svetlana traduit à l'amiral, qui lui répond ensuite quelques mots. Svetlana baisse la tête...

Un des adjoints à la gauche de Birilev intervient, d'un ton neutre, mais Birilev ne semble pas apprécier ces paroles.

L'amiral soupire, c'est mauvais signe, il fait traduire sa réponse qui n'a pas l'heur de plaire à Svetlana :

— L'amiral me dit qu'il ne connaît pas cette personne, mais qu'il va se renseigner, marmonne Svetlana.

— Ce serait dommage, se dépêche d'intervenir Tom pour couper l'herbe sous les pieds d'Elena qui n'a certainement pas le même point de vue que lui : c'est dommage car vous ne pourrez pas récupérer vos biens !

Svetlana traduit cela à l'amiral, il fusille du regard Tom :

— L'amiral propose une interruption de séance, le temps de faire une recherche sur le nom que tu as cité, nous allons vous apporter des sandwichs et des verres de vodka, précise Svetlana en se levant.

Elena se tourne vers Tom pour lui chuchoter, courroucée, qu'il a torpillé la discussion, il réplique à voix basse qu'il est là pour connaître le sort de Gunilla. Il sent bien qu'Elena a un autre impératif, les relations avec le voisin russe.

Svetlana revient avec deux serveurs qui disposent les en-cas sur la table.

Tom marmonne à Elena qu'il ne veut pas mourir empoisonné, elle lui sourit. Svetlana, qui a entendu Tom, s'avance vers la table, prend un verre de vodka, boit une gorgée et le tend à Tom, qui hésite à s'en saisir. Svetlana le fixe de son regard perçant. Il réfléchit un instant, « non, se dit-il, il n'y a finalement pas de danger ». Il prend le verre et boit le reste de vodka d'un trait, son regard dardé sur les yeux de Svetlana qui le fascinent. En lui-même il pense « cela aurait été une belle mort, après tout, pourquoi pas ? »

Svetlana fait alors le tour de la table vers l'amiral, qui affiche un air suspicieux à propos de ce manège. Elle lui explique qu'elle avait saisi la conversation, elle avait voulu leur montrer qu'ils ne risquaient pas l'empoisonnement. L'amiral éclate de rire, un gros rire caverneux, il saisit un sandwich, l'air détendu.

Svetlana revient vers Tom qu'elle prend par le bras, fait des grands gestes amicaux, affiche un air gai, sous les yeux de l'amiral qui continue à rire en les observant. Mais elle en profite pour lui délivrer son message:
— À ton arrivée, je t'ai glissé dans la main une clé USB contenant la photo de Gunilla. On la voit, blessée légèrement, les mains liées dans le dos, hissée à bord d'un navire qui ne fait pas partie de la flotte commandée par l'amiral Birilev. La Marine russe n'est intervenue aujourd'hui que pour réparer les dégâts de l'équipe d'Ivan.
— De qui ? s'écrie Tom.
— Pas le temps de t'expliquer, à toi de jouer maintenant : Gunilla est vivante, mais sera sans doute exécutée demain après

évacuation de l'île et nettoyage de toute trace de notre intervention.

Tom se fige, mais Svetlana lui dit de faire semblant de s'amuser, alors Tom, avec entrain, la prend par le bras et l'amène près d'Elena, seule avec son verre de vodka. Les trois entament une discussion toute superficielle où l'on convient d'adopter une certaine détente. Elena semble tout aussi fascinée par Svetlana.

De loin l'amiral peut imaginer, tout en mastiquant son sandwich, que Svetlana séduit aussi bien Elena que Tom, ce qui est d'ailleurs vrai, la fin de la négociation n'en sera que plus aisée.

Un des adjoints qui s'était absenté revient dans la salle de négociation échanger quelques informations avec l'amiral Stepan Birilev.

Ce dernier s'assied à nouveau, de la main il propose à tous de s'installer pour la fin de la discussion :
— Bien, reprenons, entame Birilev qui dicte à Svetlana sa réponse, au vu de vos indications, je n'ai pas trouvé de trace de la personne que vous avez citée.
— L'inspectrice principale Elena Wijkander, qui est à mes côtés, entame Tom, tous les muscles de son corps bandés comme pour monter à l'assaut mais tâchant de garder un masque d'amabilité sur le visage, souhaite bien sûr une fin agréable de nos discussions, elle pourrait accepter vos exigences dans les conditions suivantes : d'une part vos bateaux-grue récupèrent vos épaves, d'autre part un de vos Kamov atterrit sur l'île avec Gunilla Lundberg à bord, en même temps que nous qui arriverons

avec un hélicoptère de la police. Vous embarquez vos blessés et vos morts, vous nous restituez Gunilla Lundberg vivante.

— Mais, c'est impossible, tranche d'une voix rocailleuse l'amiral, toujours traduit par Svetlana Chestakova, car cette Gunilla n'est pas…

— Oh ! dans ce cas, interrompt Tom avec de la rage dans la voix, il y a une autre solution, nous faisons fusiller les cinq blessés russes pour acte de guerre sur le territoire suédois, nous prenons toutes les photos nécessaires pour la presse internationale…

Elena est estomaquée par l'imprudence de Tom, les risques qu'il prend, elle a posé discrètement sa main sur sa cuisse pour lui faire signe par des pressions de se calmer, d'arrêter tout de suite ce genre d'ultimatum, mais il ne s'en soucie pas.

— Bien sûr, poursuit-il, vous n'obtenez pas l'autorisation de pénétrer dans les eaux suédoises, c'est la Marine suédoise qui repêchera les épaves, tout cela pour compléter le dossier de presse sur les agissements d'un amiral russe, dont je crois qu'il n'a pu que désobéir ce matin aux ordres de son propre gouvernement.

Un lourd silence s'installe autour de la table, les visages sont fermés, Elena hésite à sourire du fait que Tom l'a bombardée du titre d'inspectrice principale, mais trouve qu'il a largement outrepassé ses droits, Henrik ou Klaes ne l'auraient jamais laissé prendre de telles initiatives en forme de menace.

Elle sent que la situation devient explosive, on lui annoncerait qu'ils vont être jetés dans les caves de l'ambassade tandis que l'invasion de la Suède par la Russie s'apprête à être lancée dans la nuit, que cela ne l'étonnerait pas trop, elle commence à détester Tom, que faire ?

L'amiral, Svetlana et les deux adjoints sont debout et discutent entre eux, discussion animée en version originale non soustitrée.

Un planton de la Marine (un plancton ?) fait son apparition dans la salle, se dirige vers l'amiral Birilev pour lui remettre un message. Celui-ci fait signe à ses invités qu'il doit quitter la salle, d'un geste il désigne, à ses côtés, celui qui poursuivra l'entretien.

Elena et Tom se regardent, lui est plein d'espoir, elle est furieuse contre lui qui a dynamité la négociation.

L'adjoint choisi les invite à se rasseoir, il prend la parole pour la première fois, et en anglais :

— Je suis Ivan Dikov, je poursuis notre entretien en lieu et place de l'amiral Birilev qui a dû s'absenter pour préparer les opérations de rapatriement.

— Oui,...et ? lance Tom impavide, avide de savoir si cet Ivan est celui cité par Svetlana.

— La restitution de cette personne Lundberg citée par vous peut être envisagée sous certaines conditions. Nous venons de la localiser sur un navire qui l'avait recueillie il y a quelques jours, elle est blessée, son état nécessite encore quelques soins.

— De quelles conditions parles-tu ? questionne Tom, les sourcils froncés.

— D'abord madame Lundberg doit signer une déclaration où elle précise qu'elle a été recueillie inconsciente par un pêcheur, ensuite dans un autre document elle doit s'insurger contre d'éventuelles rumeurs évoquant une intervention russe contre elle, de son côté la police doit faire de même concernant ce genre de rumeurs à propos de cette île que vous appelez, comment déjà ? ah oui, Svartö. C'est juste une question de papiers... De notre côté nous vous fournirons une lettre du pêcheur, par exemple letton, qui a recueilli Gunilla, termine Ivan Dikov avec un sourire sardonique.

— Tu n'as pas indiqué au début de notre entretien la raison de ta présence, qui es-tu ? fulmine Tom.

— Mon nom est Ivan Dikov, comme je l'ai déjà dit, mais je ne fais pas partie de la Marine russe.

— Alors que fais-tu ici ? s'énerve Elena ?

— Bien, soyons plus clair, Elena, susurre Dikov d'un ton doucereux, même si pour ta sécurité mes propos ne sauraient être diffusés : c'est mon organisation, disons euh... privée, qui détient Gunilla Lundberg. Le sous-marin que vous avez coulé avec ses quatre sous-mariniers, les trois employés que vous avez exécutés sur les quais de la grotte de l'île, ne font pas partie des forces armées russes. Devant évacuer l'île en urgence, j'ai dû faire appel à l'amiral Birilev qui est intervenu en catastrophe...

— C'est le mot, ponctue Tom.

— Si les forces militaires suédoises avaient débarqué vers 10 heures du matin, nous aurions eu le temps de tout évacuer, vous auriez trouvé l'île déserte, commente Ivan Dikov d'un ton désabusé.

— Mais alors Ivan, tu n'as toujours pas dit ton rôle dans cette histoire ? interroge Tom sans fard.

— Tu es trop curieux, Tom ! pour en terminer avec ton interrogatoire, je te dirai simplement que je connaissais bien Sergueï Bulganov que tu as « suicidé » sans état d'âme dans ta précédente mission...

— Ah...d'accord, j'y suis, maintenant je comprends mieux qui tu es vraiment, reconnaît Tom.

— Donc je propose que vous signiez, ainsi que Gunilla, les papiers que je vous ai mentionnés, vous laissez Birilev récupérer ses hommes, son Kamov et…mon sous-marin, en contrepartie je vous amène Gunilla en empruntant un hélicoptère de Birilev.

Soudain la tension tombe, Tom sent tous ses muscles qui se relâchent, la mâchoire qui était crispée, les mains qui serraient le rebord de la table, un sentiment d'accomplissement de sa tâche l'envahit, immédiatement réapparait aussi l'image de Lotta, que la journée de combat avait dissimulée.

Tom se tait, il est déjà ailleurs.

Elena prend le relais :
— Comment veux-tu procéder ? demande-t-elle.
— D'abord il nous faut votre accord officiel pour pénétrer dans vos eaux…
— Je contacte tout de suite notre Ministère de la Défense, je propose une nouvelle interruption de séance, suggère Elena qui a repris les commandes avec soulagement, tout en jetant un regard indéchiffrable à Tom.

Elena se lève, demande à Svetlana de la mener dans un bureau d'où elle puisse téléphoner tranquillement. Svetlana l'emmène en fait au bout du couloir, dans une sorte de bibliothèque ouverte mais suffisamment à l'écart. Elena la remercie avec un large sourire que lui retourne Svetlana avant de se retirer.

Une vingtaine de minutes plus tard, Elena revient dans la salle des négociations, elle a l'air concentrée. Après un aparté avec Tom pour lui expliquer la suite des opérations, elle s'adresse à Ivan Dikov :
— Tu auras notre accord officiel pour pénétrer dans nos eaux nationales dans l'heure qui suit, le texte du communiqué

parlera de manœuvres conjointes pour harmoniser nos Marines en vue d'éviter tout problème de navigation en mer Baltique. Mais il est évident que nous n'autorisons aucun navire de guerre, seulement les bateaux-grue et un porte-hélicoptère, je crois d'ailleurs que celui qui croise dans les eaux internationales en ce moment a été acheté à la France, conclut Elena avec un petit sourire adressé à Tom.

— Bien, Birilev ne pourra opérer que de nuit pour limiter toute publicité inappropriée, je parle des journalistes, précise Ivan Dikov. Comme il faudra de toutes façons quelques heures à ses navires pour être sur zone, je propose que nous fixions à 21 heures le début des opérations.

— Très bien, tu auras les coordonnées GPS exactes des épaves, complète Elena.

— Je propose que l'un de nos hélicoptères atterrisse sur le sommet de votre île, conjointement avec le vôtre à 21 heures également.

— C'est d'accord, je serai accompagnée du détective Tom Randal ici présent. Sur l'île se trouvera toujours l'équipe médicale de la Marine suédoise qui veille sur vos blessés. Au large notre corvette Kiruna et plusieurs vedettes Stridsbåt CB90 assureront la sécurité des lieux, de façon qu'aucune embarcation privée ne vienne s'approcher de l'île.

— Il est important qu'il n'y ait pas de fuite, renchérit Dikov.

— Je verrai dans l'après-midi avec mes supérieurs quel communiqué nous pourrions faire, à propos des opérations sur Svartö...

— Svartö ? ah oui, j'ai toujours du mal à me souvenir de ce nom, sourit Dikov.

— Oui, tu sais, on a dit au début de notre entretien qu'on a baptisé cette île Svartö.

— C'est vrai! l'île Noire, comme dans l'album de Tintin ? je vais m'en souvenir.
— Oui, sourit-elle aussi, dans un moment de détente parfaitement incongru.
— Bien, alors à 21 heures, Elena, laisse-moi ton numéro de téléphone, si nous avons à te contacter d'ici ce soir.

Svetlana vient chercher la feuille de papier où Elena vient de noter son numéro, elle en profite pour y jeter un coup d'œil rapide, avant de le transmettre à Dikov. La policière reprend la parole :
— Un dernier mot, poursuit Elena, concernant votre attaché d'ambassade, Igor Goutchkov : il a transmis des informations confidentielles fournies par Leif Tollerup, de notre ministère des Affaires Étrangères, à votre équipe sur Svartö. Pour nous il s'agit d'un crime d'espionnage passible de la peine maximale. Par conséquent si ce Goutchkov n'a pas quitté la Suède d'ici ce soir, il risque à coup sûr dès sa première sortie de l'ambassade d'être arrêté, préviens-le dès que possible, assène Elena.
— Cela ne me concerne pas directement, je ne fais pas partie du gouvernement ou de l'armée, déclare-t-il impassible, mais je transmettrai à notre ambassade.

Il se lève, vient assez froidement serrer la main d'Elena, puis d'un hochement de tête salue plus froidement encore Tom, « Svetlana va vous raccompagner », conclut-il.

Ce Dikov, mâchoire carrée, cheveux taillés en brosse, est direct, volontaire, pragmatique. Ils sont soulagés d'avoir pu négocier avec lui à leur avantage, mais ils sentent bien qu'il peut être aussi un tueur sans scrupule.

Svetlana par contre leur plait beaucoup, sans doute pour d'autres raisons. Tous deux la suivent dans l'escalier les yeux fixés sur sa démarche harmonieuse.

Dehors la voiture de fonction de Klaes les attend, Svetlana leur tend la main avec un grand sourire mais sans un mot, Tom ne résiste pas à un « à bientôt peut-être » qui tombe complètement à plat.

La voiture démarre sous le regard devenu énigmatique de Svetlana et sous celui ambigu de Dikov depuis la fenêtre du premier étage.

Tom profite de ce moment sans témoins pour questionner Elena :

— Que penses-tu de cette Svetlana, je ne parle pas de sa beauté slave, n'est-ce pas ?

— Tu veux parler du tuyau concernant Gunilla qu'elle t'a donné ?

— Oui, soit elle a pris des risques considérables pour nous aider, soit elle a agi sur ordre de l'amiral, réfléchit Tom à haute voix. Au fait as-tu dans la voiture de quoi visionner la clé USB qu'elle m'a glissée dans la main lorsque nous sommes arrivés ?

— Pour la clé USB, oui, j'ai ici à côté de moi un MacBook que je peux utiliser, passe-moi la clé.

En deux minutes, la clé branchée révèle ses secrets : d'une part une photo de Gunilla, blessée, les mains liées dans le dos, à bord d'un navire marchand sans doute russe. La photo porte la date de dimanche dernier, date qui a pu être manipulée. Mais il y a aussi un document écrit en russe précisant de façon codée des informations sur « S.C. », qui ressemblent à un numéro de téléphone et un email.

Ils se regardent à nouveau, les sourcils levés, les yeux écarquillés :
— Mais de quoi s'agit-il ? s'interroge Elena.
— Tu crois que Svetlana est agent double ? ou qu'elle fait des offres de service au contre-espionnage suédois ?
— Aucune idée, c'est clair qu'elle t'a aidé dans l'affaire Gunilla, mais aurait-elle pu agir aussi sur ordre de l'amiral Birilev ?
— Non, je ne pense pas, cela aurait été dans le seul but de ne pas perdre la face ? de proposer une monnaie d'échange pour faciliter la négociation ? non, je n'y crois pas.
— Alors, conclut Elena, c'est une offre de service, mais je n'ai pas de correspondant à la Säpo..
— La quoi ?
— Excuse-moi, la Säpo, c'est l'abréviation de la *Säkerhetspolisen*, la police de sécurité, qui dépend, il me semble, du ministère de la Justice, ce qui va compliquer les démarches.
— Attends, Elena, pour mon enquête et la fin de nos aventures ensemble, sourit Tom, cette démarche est-elle nécessaire ?
— Pour toi, non, tu as terminé brillamment ton enquête, malheureusement ton client est mort, mais tu as bien clôturé ta mission en étant sur le point de récupérer Gunilla. Pour moi, oui, je vais essayer d'entrer en contact avec Svetlana, d'une façon ou d'une autre, surtout si elle veut l'asile politique.
— Sacrée Elena, toujours à l'affut, se moque Tom.

Le téléphone d'Elena vibre et interrompt la discussion, elle répond en suédois, la conversation devient rapidement animée. Elle jette des coups d'œil interrogatifs à Tom, qui ne comprend rien, puis des regards étonnés et enfin un sourire admiratif, il secoue la tête et hausse les épaules, signifiant « mais de quoi parles-tu ? ».

Elle raccroche et le dévisage sans un mot :
— Mais que se passe-t-il ?
— Tu parles russe, Tom ?
— Pas vraiment, non.
— Comment as-tu choisi la pile de dossiers que tu as apportée ?
— Euh, je n'en ai aucune idée, enfin si, j'ai pris ceux qui étaient dans un tiroir avec un bandeau rouge, étiqueté différemment, pourquoi ?
— En tout cas, tu as tiré le gros lot, Tom.
— C'est-à-dire ?
— D'abord il y figure des plans très documentés de nombreuses installations suédoises à caractère sensible, comme les lieux de gouvernement, les casernes, les bases navales ou aéroportuaires, bref la liste est longue. On y a trouvé aussi une liste d'environ trente noms de personnes suédoises qui semblent aider le Renseignement russe, disons aider ou travailler pour lui !
— On t'a cité des noms connus ?
— On arrive au quartier général, je fonce au bureau des interprètes, attends-moi dans le couloir.

Tom a patienté plutôt dehors, malgré une petite pluie fine, en marchant de long en large pendant une dizaine de minutes, jusqu'à ce qu'Elena le rejoigne. Elle a l'air très excitée, elle brandit une feuille de papier comme un étendard :
— C'est la liste des 28 personnes ou personnalités suédoises, dont notre « ami » Leif Tollerup, qui travaillent pour les Russes, j'ai pris contact avec la Säpo pour les arrêter, Tom tu as

fait un travail extraordinaire. Bien sûr Lars Edholm est en tête de liste.
— Non, je n'ai rien fait, lance Tom désabusé, mais si cela peut t'aider...

Elena secoue la tête en voyant Tom qui ne parvient pas à sortir de sa déprime.
Elle reçoit un appel :
— Oui ?
— C'est Per, stagiaire chez LNS, figure-toi que je suis avec une amie à toi, Svet, qui voudrait te voir dès que...
— Qui cela ? crie Elena.
— Eh bien...comment tu t'appelles ? Hein ? elle me répète qu'elle s'appelle Svet, tu l'as vue à midi aujourd'hui...
— Ah oui, bien sûr, bredouille-t-elle.
— Elle demande si tu peux venir la chercher avec tes « hommes » ? marmonne Per sans comprendre le sens de cette requête.
— Dis-lui que j'arrive tout de suite, crie à nouveau Elena qui raccroche complètement surexcitée, oubliant de prendre des nouvelles de sa santé.

Elena enveloppe Tom de ses bras, l'embrasse même sur le front, « sacré Tom, tu as encore frappé, Svetlana demande certainement l'asile politique, je vais la chercher chez LNS avec quatre policiers en escorte de sécurité, je te laisse, je te retrouve plus tard, ici , dans la soirée, disons vers 20 heures 30».

Tandis qu'Elena s'engouffre dans le bâtiment principal du quartier général, Tom récupère le sac avec ses habits civils qu'il avait laissé au bureau d'accueil le matin très tôt. Dans un local attenant il se dévêt de sa tenue de policier suédois, remet avec satisfaction ses propres habits, sort de l'enceinte de la police de Stockholm. Humant l'air, il décide de rentrer à pied au Diplomat.

CHAPITRE 28

Dans l'après-midi, Elena a d'abord récupéré sans difficulté Svetlana qui souhaitait vraiment obtenir l'asile politique, elle l'a confiée à la Säpo qui venait d'arriver pour prendre connaissance de la liste des espions. Elle a promis à Svetlana qu'elle veillerait sur elle pour que tout se passe bien.

Elle a ensuite alerté l'hôpital de Nacka, réquisitionnant le service des urgences pour qu'il soit prêt à réceptionner Gunilla afin de lui faire tous les tests, examens, scanners, prises de sang nécessaires à partir de 22 heures.

Puis elle a appelé les parents Lundberg, en leur disant à mots voilés que la police était peut-être sur une piste, qu'ils se tiennent prêts à venir éventuellement au quartier général vers 22 heures, mais la prudence devait rester de mise.

Afin d'identifier Gunilla formellement, elle s'était fait communiquer par sa mère le prénom de sa tante et le nom de son dernier chien.

Elle avait aussi appelé ses chefs à Nacka. Henrik n'étant pas encore sorti du bloc opératoire, elle avait contacté Klaes pour l'informer de la situation, insistant sur le coup de bluff de Tom, « si cela marche ce soir on pourra dire que c'était bien joué ! » s'était exclamé Klaes.

Elena avait contacté l'Amirauté pour la mise en place des navires, de la corvette et des Stridsbåts d'assaut, en précisant leur mission ainsi que celle des Russes.

Enfin elle avait appelé Ivan Dikov à l'ambassade de Russie pour étudier avec lui le détail des textes devant être signés par Gunilla, la police de Stockholm, la Marine russe ainsi que le « pêcheur letton ». Leurs diffusions, sous forme de communiqués de presse, seraient faites seulement si nécessaire, dans l'unique but de mettre hors de cause la Marine russe

Elle n'avait donc pas chômé…

En cette fin d'après-midi, Tom au contraire s'était laissé aller. Le temps était toujours menaçant, le ciel roulait de gros nuages noirs, mais comme ni la pluie ni la neige n'étaient de la partie, il avait d'abord déambulé dans les rues commerçantes du centre-ville avant de rejoindre l'hôtel Diplomat.

Il avait alors appelé Twiggy pour se détendre et l'informer de son retour pour le lendemain soir :
— Ah patron, tu avais oublié ta vieille Twiggy ?

— Pas du tout ! d'ailleurs je rentre demain en fin de journée, mon enquête devrait se terminer ce soir, si tout se passe comme prévu. Mais comme j'ai eu beaucoup d'évènements imprévus à gérer, je reste prudent. Toi, comment vas-tu ?
— Semaine calme, chef ! j'ai revu le commissaire de police du 6ème, tu te rappelles, celui qui était intervenu quand ton Suédois, Ingmar Je-ne-sais-plus-qvist, est venu mourir à travers notre porte d'entrée vitrée ?
— Oui, je me souviens, un gars assez sympathique, il s'appelait ...euh, Dacourt ?
— Oui, Bruno Dacourt, on s'est revu, le seul problème, c'est son épouse qui s'inquiète de son emploi du temps surchargé, toutes ces enquêtes de nuit trop fréquentes, avait expliqué Twiggy en éclatant de rire.
— Sacrée Twiggy, bon, je te laisse, à demain soir !

Ayant encore un peu de temps devant lui, il était allé marcher le long des quais. Quand il s'était retrouvé proche du musée Vasa, il avait préféré juste jeter de loin un œil sur la silhouette impressionnante du bateau en bois, mais il ne s'était pas approché, trop de mauvais souvenirs l'assaillaient.

De retour à l'hôtel, il s'était mis à discuter avec le réceptionniste qu'il voyait souvent :
— Alors vous êtes Sardar ?
— Désolé, monsieur Randal, je suis Ahmad.
— Comment avez-vous fait pour apprendre le suédois ? de ce que j'ai pu lire, c'est une langue difficile, non ?
— Quand on veut, on peut, monsieur Randal.
— Certainement, Ahmad, je vous souhaite une bonne fin de journée. Comme je quitte l'hôtel demain matin tôt, je devrai faire un check out rapide, avait aussi précisé Tom qui n'avait pu

s'empêcher d'ajouter d'un ton complice « et pas de madame Randal ce soir, Ahmad ».

— « *Man vet aldrig...* on ne sait jamais », avait répliqué ce dernier d'un ton sentencieux.

CHAPITRE 29

Une nuit noire et gluante s'est emparée de l'Archipel, il ne neige plus, mais il fait froid, une sorte de brume s'effiloche sur les reliefs des îles.

L'hélicoptère Agusta A.109, équipé dans une version sanitaire avec l'arrière de la cabine aménagé pour installer des civières, atterrit avec grand bruit à 20 heures 55 sur Svartö.

La plate-forme disponible comme héliport a été nettoyée et balisée avec des lumières, il reste de la place pour un gros Kamov.

À leur descente de l'aéronef Elena et Tom sont accueillis par le chef de l'équipe médicale suédoise qui veille sur les blessés russes, dont les plaies ont été pansées.

Elena l'informe de la suite des opérations, puis son regard est attiré par des lumières en pleine mer au loin : la corvette Kiruna ainsi que les Stridsbåts d'assaut sont en place à bonne distance de Svartö. Plus loin encore en mer elle croit distinguer des formes encore plus larges, ce doit être les Russes qui respectent le timing prévu.

Au loin, d'un de ces bateaux décolle, tous feux allumés, une énorme libellule, qui s'approche de Svartö à travers la brume dans un enfer sonore. Au-dessus de la place disponible pour atterrir, ce gros hélico descend délicatement, s'installe avec précaution à côté de l'Agusta suédois. Il est 21 heures.

Les moteurs éteints, une porte s'ouvre en coulissant, Ivan Dikov saute à terre.
L'instant est angoissant, Elena et Tom se demandent s'il a respecté les accords de l'après-midi.
Dikov fait descendre une dizaine de militaires, leur donne les consignes concernant les blessés et les morts.
Elena commence à s'impatienter, Tom a le regard braqué sur la cabine du Kamov.
Dikov tient en main un dossier, il s'approche d'Elena :
— Je t'ai apporté les textes à signer, ceux que nous avons mis au point cet après-midi, si tu veux bien les lire. Ils sont en double exemplaire.
— Merci, je dois signer celui de la police, je vois que Birilev a signé le sien, celui de ton fameux pêcheur letton est prêt aussi, quant à Gunilla, son état lui permet-il de signer ?
— Non, je ne crois pas, pas encore.
— Alors que faisons-nous, interroge Elena saisie par l'angoisse d'échouer si près du but.

Il ne répond pas, se met à réfléchir, un long moment, Tom n'ose pas intervenir, d'ailleurs Elena ne cherche pas son regard, les deux enquêteurs imaginent Gunilla à quelques mètres, bloquée dans le Kamov.

Dikov, maître du suspense, la fixe d'un air dur :
— Elena, je ne vois qu'une solution si tu veux récupérer Gunilla ce soir, car j'estime qu'elle pourra signer peut-être dès demain , en tout cas d'ici deux à trois jours certainement : tu me garantis verbalement ce soir, sur ta vie, j'insiste sur ta vie, que tu me déposeras le document signé par Gunilla dans trois jours au plus tard à notre ambassade.
— Tu entends quoi par « sur ma vie » ?
— Si Gunilla ne peut pas ou surtout ne veut pas signer de façon authentifiée son document, tu paieras ce refus de ta vie.
— De ma vie ?
— Oui, nous nous en chargerons, rétorque Ivan impassible, comme s'il discutait d'un contrat de location de vélo.

Elena fait un pas en arrière, Tom lui touche le bras « cela va ? » , elle pense à ses chefs à l'hôpital de Nacka, aux parents Lundberg, elle glisse un regard à Tom qui des yeux lui fait un léger signe d'approbation :
— C'est d'accord, Ivan, je prends sur moi de faire signer Gunilla, prononce Elena avec le maximum de dureté dans la voix.

Ivan, d'un signe de tête, accepte l'accord. Il se tourne vers l'hélicoptère russe où attendent deux militaires à qui il enjoint d'un geste de la main de procéder au débarquement.

Ces deux-là sautent à terre tandis que deux autres militaires apparaissent dans l'embrasure de la porte de la cabine, tenant une civière.

Le cœur serré, Elena et Tom ne quittent pas des yeux la manœuvre pour descendre la civière. Lui a juste le temps de se rendre compte qu'il ne connait pas Gunilla, « tu sauras la reconnaitre ? » bredouille-t-il ému à Elena, « bien sûr » murmure-t-elle qui ajoute « je me demande dans quel état elle est ».

Ivan Dikov fait signe à ses deux militaires d'aller déposer la civière au pied de l'Agusta.

Ils s'approchent, Elena appelle deux Suédois de l'équipage qui viennent prendre en charge la civière, « un instant ! » intime la policière qui veut dévisager l'occupante de la civière. Elle se penche, voit un visage tuméfié, une plaie sur le côté du crâne, le reste du corps est sous une couverture. Elena se tourne instinctivement vers Tom qui ne peut l'aider, alors elle s'adresse en suédois à la blessée :
— Qui es-tu ?
— G...Gunilla Lundberg, murmure la blessée.
— Comment s'appelait ta sœur ?.
— ... ? Pourquoi, c'est Annelie, que se passe-t-il ?
— Je suis l'inspectrice Elena Wijkander de la police de Stockholm, nous allons t'emmener pour des soins à l'hôpital de Nacka, comment te sens-tu ?
— Je dois être blessée au bras gauche, à la jambe gauche, aussi à la tête, je ne sais pas, je suis si fatiguée, soupire Gunilla.
— Que peux-tu me dire pour t'identifier formellement, déclare Elena, car ton visage est tuméfié, j'ai du mal à te reconnaître, je ne t'ai croisée de loin qu'une fois ou deux.

Dikov s'est approché, inquiet de cette conversation qui n'en finit pas :
— Il y a un problème ?

— Non, mais je dois d'abord l'identifier formellement, rassure Elena laconique qui se tourne vers Gunilla : comment s'appellent ta mère et sa sœur ?
— Ma mère, Gittan et sa sœur …Astrid, murmure la blessée.
— Et le nom de ton dernier chien ?
— Le dernier ? réfléchit lentement Gunilla, une chienne, oui, c'est maintenant ma mère qui s'en occupe, elle s'appelle Iska.
— Merci, sourit Elena, qui se tourne vers Tom pour lui indiquer que tout va bien, c'est l'information qu'elle avait obtenue dans l'après-midi de Gittan.

Elena se penche vers Gunilla :
— Nous allons te transférer en hélicoptère à l'hôpital de Nacka, le vol est court, lui dit-elle d'une voix encourageante.
— Oui, emmène-moi loin d'eux, soupire Gunilla.
— Embarquez la civière en vitesse, crie-t-elle aux deux militaires suédois.

Elle revient vers Ivan Dikov qu'elle salue et remercie :
— Tout est en ordre, nous y allons.
— C'est bien, moi aussi dans un quart d'heure je décolle.
— Où vas-tu ?
— Sur le porte-hélicoptère qui est au loin, tu vois les lumières dans cette direction ?
— Oui, donc le vol est court.
— Oui, très court.
— Et pour les épaves ?
— On a deux équipes de dix plongeurs, une sur chaque épave, pour le Kamov on va utiliser la grue, pour le sous-marin, les plongeurs vont sans doute fixer d'énormes ballons gonflables

qui feront le travail des ballasts, on devrait ainsi le remonter à la surface, le deuxième bateau-grue essaiera de le hisser à bord, sinon on le remorquera, mais ce sera plus long pour revenir à notre base.

— Kaliningrad ? interroge Elena.

— Je ne sais pas, ce n'est pas moi qui piloterai l'opération.

— En tout cas, la mission s'est bien passée, merci, murmure Elena sans sourire.

— Merci à toi aussi, répond Ivan qui lui offre une franche poignée de main entre professionnels, ah au fait, je voulais te demander si tu as vu Svetlana ou si tu lui as parlé cet après-midi ?

— Svetlana ? répète Elena avec le maximum de naturel, non, pas vue, mais au fait, ajoute-t-elle en reprenant la phrase que Svetlana lui a recommandé de prononcer, le standard de la police m'a laissé un message disant qu'elle avait essayé de me joindre, sans plus, voilà, j'ai oublié quelque chose chez vous à l'ambassade ?

— Non, l'amiral Birilev la cherchait il y a une heure, je n'ai pas su le renseigner, c'est tout...

Les deux professionnels se séparent avec un sourire aigu, les yeux dans les yeux, une façon de se dire « je sais que tu sais » et réciproquement...

Elena rejoint Tom, ils montent à bord, elle vérifie que la civière est bien installée et arrimée, il est 21 heures 40, elle appelle le service des urgences de Nacka, pour annoncer leur arrivée vers 22 heures.

Elle appelle ensuite au quartier général, l'adjoint de Henrik, Harald Hansson qui attend avec les parents Lundberg : « feu vert, tu peux les amener par hélico à Nacka ». Elle l'entend qui annonce la bonne nouvelle aux parents.

L'héliport de l'hôpital est presque encombré, les deux appareils arrivent en même temps.

Elena bondit à la rencontre des parents qui descendent de leur hélicoptère. Elle se présente, leur demande avec insistance de s'assurer que c'est bien leur fille sur la civière qui vient d'être débarquée. Les parents ne comprennent pas l'étrangeté de cette requête. Elena essaie de leur expliquer, sans trahir l'épisode russe, l'importance de cette vérification supplémentaire, visant à s'assurer que la police ne s'est pas trompée de personne.

Les parents Lundberg se penchent sur la civière, en quelques secondes et quelques mots affectueux échangés, le doute est levé.

Le médecin-chef des urgences vient prendre en charge la blessée, il informe Elena que les examens pourront durer environ deux heures. Elle lui fait part de sa décision de rester à attendre les résultats, les parents décident de faire de même.

Vers minuit, le médecin-chef les retrouve à la cafétéria principale de l'hôpital restée ouverte pour eux, Elena et Tom ont les traits tirés, les parents Lundberg malgré leur âge sont parfaitement éveillés, ils n'en reviennent pas, après les difficiles journées passées, d'avoir retrouvé leur fille. Ils repensent à l'office célébré la veille à la Cathédrale où ils étaient alors dans une peine immense.

Le médecin s'assied à leur table, avec tout un dossier en main :

— Les nouvelles sont plutôt bonnes, vu ce qu'elle a subi. Si j'ai bien compris, le contexte dans lequel elle a souffert de ces blessures n'a pas à être évoqué...

— C'est cela, intervient Elena, restons-en au dossier purement médical.

— Bien alors : une fracture de l'épaule gauche que nous avons plâtrée, une fracture du tibia gauche également plâtré, deux côtes cassées mais on ne peut rien faire, un léger traumatisme crânien à surveiller dans les jours qui viennent et la plaie sur le crâne qui a été suturée. Les tests sanguins n'ont rien révélé de grave, en tout cas pas de produits dangereux qu'elle aurait pu avoir avalés, volontairement ou non, c'est bien ce que tu m'avais demandé de vérifier, Elena ?

— Oui, confirme-t-elle, sous le regard interrogateur des parents Lundberg.

— Elle ne peut guère marcher avec des béquilles, à cause de l'épaule gauche blessée, donc je préconise le fauteuil roulant au début de la convalescence.

— Quand pourra-t-elle sortir d'ici ? questionne Elena.

— Elle le pourrait dans les prochains jours, je vous tiendrai au courant, elle devra disposer d'une assistance adéquate et être suivie pour le traumatisme crânien.

— C'est clair pour moi, conclut Elena, et pour vous ? dit-elle en s'adressant aux parents de Gunilla.

— Nous avons compris, mais pouvons-nous lui faire une visite demain ?

— Bien sûr, mais elle a quand même besoin de repos, sourit le médecin, je compte sur vous.

Les deux hélicoptères étaient repartis dès 22 heures. Les parents Lundberg avaient de leur côté contacté leur chauffeur pour qu'il vienne les rechercher à Nacka.

Sur le parking, le groupe se sépare du médecin en le remerciant vivement. Les parents Lundberg remercient, les larmes aux yeux, les deux enquêteurs, Gittan serrant avec émotion Tom dans ses bras. Ils montent dans leur voiture où attend leur chauffeur.

Elena et Tom partent en taxi pour Kungsholmen où Elena doit récupérer sa voiture.

Dans le taxi Tom se détend enfin et propose à Elena d'aller dans un bar fêter l'heureuse conclusion de cette journée et de son enquête :

— Il est presque 1 heure du matin, répond Elena, tu te souviens qu'on a en début de matinée la cérémonie à Uppsala ?

— Oui, convient Tom, mais j'ai peur d'aller me coucher après une telle journée, un bar serait bien.

— Et pourquoi pas le minibar de ta chambre au Diplomat ? ponctue Elena avec un petit sourire.

CHAPITRE 30

Avec des gestes lents, Tom, tout juste réveillé par la lumière du jour, avait pris une douche et s'était habillé.

Ranger ses affaires dans son bagage fut une formalité.
Il respirait lentement, jetait de temps à autre un regard par une des baies vitrées vers le port et la ville qui s'ébrouaient.

Il fit un dernier tour de la chambre pour s'assurer qu'il n'oubliait rien, mais oublier ? peut-on oublier ?
Il avait mis le sac cabine, poignée levée, près de la porte. Il eut l'impression que son sac ressemblait à ce petit robot dans un des épisodes de « la guerre des étoiles », qu'il voulait lui transmettre un message.
En soupirant il ouvrit la porte de la chambre, ayant empoigné de la main libre son bagage.
Sur le seuil, il visualisa sur sa gauche la porte de l'ascenseur, à une dizaine de mètres, il eut aussi la sensation de voir, à

l'extrémité de son champ visuel, mais sur sa droite, comme une ombre furtive qui se détachait de l'embrasure d'une porte, à quelques mètres de lui, mais il décida de ne pas y prêter attention.

Il referma doucement la porte de sa chambre, sans la claquer, comme pour ne pas réveiller des voisins.

Puis il se mit à marcher, sur l'épaisse moquette qui étouffait le bruit de ses pas, vers la cage de l'ascenseur.

Il avait la gorge serrée, du mal à respirer, « allons, cela va passer », tout passe…

Il ne voulut pas entendre le son diffus des pas de l'homme derrière lui sur la moquette.

Arrivé devant la cage d'ascenseur, il sentit contre sa nuque le contact froid d'un silencieux et une voix rauque qui chuchotait « Tom Randal », mais était-ce une question ou plutôt une affirmation ?

Il comprit, mais depuis quand le savait-il, que c'était fini. Des regrets ? non, des souvenirs, des traces qu'il laissait sur Terre ? qui se souviendrait de lui ?

La balle quitta avec un chuintement le canon muni d'un silencieux, le choc sur le crâne de Tom le propulsa en avant, il s'effondra au sol mais ne se fit pas mal, pas plus mal en tout cas, car il était forcément déjà mort avant d'atteindre le sol.

L'assassin sortit, pistolet à la main, de l'hôtel, il tomba sur Elena, elle aussi armée de son pistolet de service, il fit mine de tirer, Elena fut plus prompte et l'abattit.

Trois acolytes qui attendaient leur comparse bondirent hors de leur véhicule stationnant à une dizaine de mètres. Ils alignèrent Elena : elle tomba lentement, percée d'une vingtaine de balles.

En ce dimanche d'avril, Tom se réveille en sursaut avec un cri guttural qui effraie Elena, il est 6 heures du matin, la nuit cède du terrain.

Tom a très mal dormi, il y a eu ce cauchemar qui vient de finir par le réveiller. Toute la nuit il avait aussi vu passer la silhouette de Lotta, près de la baie vitrée, sur le fauteuil, dans le lit, sous la douche.

Il se lève péniblement, s'habille, puis tourne en rond en attendant qu'Elena se lève. Nue, elle vient se coller contre lui, comme si elle voulait imprimer son corps contre le sien. Elle l'embrasse, le caresse et puis soupire…

Le petit déjeuner commandé dans la nuit arrive avec le serveur pachtoun qui lance son bonjour habituel, il ajoute pour Tom avant de sortir : « je te l'avais bien dit ! ».

Sans parler ils absorbent croissants et pains au chocolat, en se brûlant comme d'habitude le palais avec le café.

Pensif, Tom regarde Elena s'habiller. Ils quittent la chambre 323.

En quelques minutes seulement, en ce jour de weekend, le trafic étant quasi-inexistant, ils ont rejoint l'autoroute E4 :
— Nous passerons à côté de l'aéroport d'Arlanda, ensuite il nous restera une demi-heure de route pour atteindre Uppsala. Détends-toi, Tom.

— Cela va, merci de t'occuper de moi.
— Tu sais pour notre enquête, en tant que policiers nous sommes vraiment satisfaits. Lars, l'instigateur du piège contre Gunilla, est mort. Son équipe de tueurs a été neutralisée. Grâce à toi aussi, ce réseau d'espions russe créé et piloté par le fameux Ivan Dikov, dirigé localement en Suède par Lars, a été démantelé, les 28 agents de la liste sont sous les verrous. Mais pour toi, qui avais été engagé par Björn, est-ce que l'action est éteinte aussi ?
— Elle l'est, Björn est mort et Gunilla a été sauvée. La seule question serait de savoir si Björn, à un moment ou à un autre, a aidé Lars volontairement dans son projet d'assassinat de Gunilla.
— Non, à priori je ne vois pas en quoi il pouvait y trouver son compte, abonde Elena.
— Tu n'as pas d'indices à ce sujet ?
— Non, seule son attitude du samedi matin, il y a une semaine, joue contre lui, car c'est bien lui qui a tout déclenché en informant Lars de l'existence de cette lettre.
— Tu crois que c'était intentionnel ? demande Tom.
— Je ne sais pas, soupire Elena.
— Il y a aussi le fait qu'il est allé de nuit amener son bateau à Lars pour l'aider à quitter l'île !
— Björn ne connaissait pas la situation sur l'île, je pense qu'il l'a fait au nom d'une amitié de longue date avec Lars, sans chercher plus loin. Mais est-ce que cela vaut la peine d'approfondir cette piste? cela a une importance financière pour toi?
— Non, mais c'est particulièrement contrariant de finir avec un doute qui plane…
— Qui ne doit plus planer, Tom !

Des panneaux annoncent Arlanda, où il devra prendre ce vol de 14 heures 45 pour Paris qu'il a réservé hier soir.

Tom somnole, essaie de se détendre, encore une demi-heure pour Uppsala :

— Tom, ah je te réveille ?

— Non, vas-y ?

— J'imagine que tu n'as pas lu les journaux de ce matin, sourit Elena qui avait jeté un œil avant de sortir de l'hôtel à un exemplaire traînant sur le comptoir de la réception alors que Tom faisait son check out. Figure-toi que nous sommes tous les deux en photo en première page du Dagens Nyheter, « l'inspectrice principale Wijkander et le détective français Tom Randal sur le quai à Winterhamn, mission accomplie ? », il faut que tu achètes le journal, cela te fera un souvenir.

— Que dit le journaliste dans l'article ?

— L'information était trop fraîche pour que les explications soient vraiment complètes, demain il y aura plus de détails, surtout sur Gunilla réapparue. Klaes, avec le ministère de la Défense, entend bien filtrer les informations concernant les Russes.

— Ah ? l'article ne mentionne même pas des présences armées russes sur Svartö ?

— Non, mais tu imagines bien que le sujet va devenir rapidement brûlant. Il va falloir s'employer à étouffer l'affaire.

— Au fait, rebondit Tom avec un sourire en coin, tu en es où, avec ta transfuge russe ?

— Elle a été débriefée par la *Säkerhetspolisen,* et nous la prenons en charge.

— Ah je vois !

— Tu ne vois rien !

— Oh si, d'abord j'ai lu que c'était le moyen classique pour les Russes d'infiltrer les services occidentaux avec un espion qui arrivait en laissant croire qu'il faisait défection.

— Je peux t'assurer que ce n'est pas le cas !
— Alors je poursuis, Elena, tu as l'air sûre de toi parce que tu as déjà couché avec elle ?
— Tu es terrible !!
— Bien sûr, je parie que c'était hier en fin de journée, avant que nous prenions l'hélico pour Svartö, n'est-ce pas ?
— Tu es jaloux ? sourit Elena.
— Nnon…hésite-t-il, elle est donc chez toi ?
— Tu es trop curieux ! eh bien oui, elle se repose chez moi.
— Ce n'est pas prudent de la laisser ainsi, ponctue sévèrement Tom.
— Tout va bien, ne t'inquiète pas pour tout, conclut Elena.

Après un silence, elle reprend :
— Je voudrais te dire aussi un mot qui doit rester entre nous.
— Je t'écoute, Elena.
— C'est à propos de l'enquête sur Annelie à Gustavsberg : je suis allée voir hier le policier Peter Sandberg, un brave type. Mats était un ami de longue date de Sandberg, il a fait pression sur lui pour qu'il lui sauve la mise, en signant son rapport dans la journée même de l'accident, bloquant ainsi toute recherche supplémentaire. Mats lui avait expliqué qu'Annelie lui avait promis de quitter Göran. Comme elle s'était rétractée, je te résume, Mats a eu un coup de sang, il a cherché à lui nuire il a piégé son cheval. Mats lui aurait dit qu'il avait constaté le décès d'Annelie, lorsqu'il était arrivé le premier sur les lieux.
— Sandberg n'a pas fait d'enquête pour savoir s'il s'agissait d'un meurtre ?
— Non, il n'a pas cherché plus loin.
— Ce n'est pas une flèche, ce Sandberg, commente Tom, déçu par le manque de probité du policier.

— Quand plus tard Gunilla a engagé Mats à son service, il a été très flatté, il s'est voué corps et âme à elle, au point de devenir son amant. Un type finalement dangereux si on le manipule à l'envers.
— Je vois !
— Mais tout cela doit rester secret, d'ailleurs Mats est mort, inutile d'encombrer Gunilla avec cette histoire.
— Fais-moi confiance.

Uppsala est une ville qui a sa place dans l'histoire de la Suède. En arrivant Tom aperçoit de loin l'imposante cathédrale avec ses hautes flèches, ainsi qu'un château qui surplombe la ville. Elena en profite pour indiquer que le metteur en scène préféré de Tom, Ingmar Bergman est né à Uppsala.

Elena oblique vers le nord, se dirige vers Gamla Uppsala, l'ancien village considéré souvent comme le « berceau de la Suède ».

Ils atteignent enfin la petite église, où les parents Karlsson ont obtenu de pouvoir célébrer un office à la mémoire de leur fille Lotta.
Quelques voitures sont déjà garées, on est en pleine campagne : quelques restes de neige, une atmosphère de paix.

Les parents Lundberg sont venus honorer la mémoire de leur employée. Gittan Lundberg salue très chaleureusement Tom.

Elena le présente ensuite à un représentant de la Maison Royale, dont la présence l'étonne.
Göran l'emmène vers un couple de personnes âgées, habillées de sombre et de peine, il lui présente les parents Karlsson.

Au nom de Tom, ils émergent de leur brouillard de chagrin, leur visage semble s'animer, ils se mettent à parler à Tom en suédois, Göran les interrompt pour leur dire que Tom ne peut parler qu'en anglais. Greta Karlsson, la mère de Lotta, prend Tom dans ses bras, elle pleure sur son épaule. Tom ferme les yeux. Ils restent ainsi un long moment.

Puis Liv, la sœur de Lotta, vient remercier Tom d'être venu pour la cérémonie.

Dans l'église, qui a presque le format d'une chapelle, la douzaine de personnes qui assiste à l'office s'installe, la famille insiste pour que Tom vienne s'asseoir dans les premiers rangs.

Le regard dans le vague, il voit défiler des images de bonheur avec Lotta, des images rares mais si intenses. Lorsque tout le monde se lève à la fin de l'office, il n'a aucun souvenir qui lui reste de la cérémonie.

Liv prend le bras de Tom :
— Nous allons au crématorium, Lotta va être incinérée, tu viens avec moi ? tu as le temps ?
— Le temps ? oui, mais...
— Il n'y aura que la famille...et toi, Tom, il faut que tu viennes, insiste Liv, tu étais très important pour Lotta, tu es aussi le dernier à l'avoir vue vivante.
— Tu es sûre ?
— Oui, absolument.

Tom informe Elena de la situation :

— Je n'ai mon avion que dans quatre heures, Elena, inutile que tu restes, je prendrai un taxi pour l'aéroport.
— Vraiment ?
— Oui, nous allons nous séparer ici, je veux te dire que ton dévouement pour moi m'a beaucoup touché, tu m'as aidé, puis pris en charge, sans toi ce séjour ici aurait été très difficile. Je ne sais comment te remercier. En tout cas, j'espère te revoir, si tu pouvais passer par Paris ce serait pour moi un très grand plaisir de te recevoir.
— Merci, Tom. D'abord je dois te préciser que c'est la première fois que dans les équipes de la police de Stockholm nous acceptons un civil à nos côtés, ce n'était pas prémédité bien sûr, tu as su te faire adopter par nous, surtout par Klaes qui peut être rugueux à l'occasion. Personnellement, mais tu as dû le sentir forcément, j'ai beaucoup apprécié de te côtoyer dans cette enquête, aussi bien dans les moments difficiles que dans les moments de détente, si tu vois ce que je veux dire, sourit Elena.

Ils se font une longue accolade, Tom récupère son sac cabine, elle démarre en faisant un grand signe de la main par la fenêtre.

Göran rejoint Tom :
— J'ai été très content de faire ta connaissance, Tom, merci aussi de m'avoir sorti de ce piège avec Lars qui avait piqué mon téléphone !
— Nous n'avons pas eu l'occasion d'échanger souvent pendant l'enquête, constate Tom à qui il vient une idée, au fait Göran, globalement qu'as-tu pensé de l'attitude de Björn pendant cette semaine passée ?
— Je n'ai jamais vraiment sympathisé avec Björn, en tant que beaux-frères nous aurions pu avoir des relations beaucoup

plus cordiales. Il est mort, je ne veux pas trop insister, mais il avait un côté arriviste, calculateur qui faisait qu'on ne savait jamais ce qu'il avait en tête.

— Oui, comme tu dis, laissons les choses ainsi, sourit Tom qui se surprend à devenir philosophe.

— Alors bon retour Tom, lance Göran qui s'éloigne pour retourner lui aussi à Stockholm.

Chapitre 31

Tom reste seul avec Liv, il a du mal à la dévisager, tellement elle ressemble à sa sœur ainée, cela le met terriblement mal à l'aise :
— Tom, je t'emmène, au crématorium, mes parents viennent de partir, nous ne serons que quatre, déclare Liv.
— Vous ne vouliez pas rester juste vous trois ? je ne suis pas de la famille.
— Tom, je t'emmène, lui fait doucement Liv.

Le crématorium est à deux kilomètres, dans le nord d'Uppsala, c'est un bâtiment moderne sans grâce, comme un cube.
Une fois le cercueil arrivé dans la salle, ils pénètrent à leur tour, profondément recueillis.

A la fin de la crémation, les parents en pleurs prennent congé de Tom.
Liv très émue insiste pour emmener Tom à l'aéroport.

Il accepte avec un pauvre sourire.

Comme la vie doit reprendre ses droits, Liv prend sur elle pour entamer une conversation tout en conduisant :
— Tu sais, Tom, pendant ces quelques jours où vous étiez ensemble, elle était tellement heureuse qu'elle me disait toutes ses pensées, elle t'appréciait, enfin non, le terme n'est pas assez fort, elle était folle de toi.
— ...
— Bon, je ne t'en dis pas plus, murmure Liv.

A l'aéroport elle le dépose devant les portes en tourniquet. Il sort son bagage, elle descend de voiture et prend Tom dans ses bras :
— Peut-être nous reverrons-nous un jour ? lui murmure-t-elle.
— Viens me voir à Paris si tu veux, propose Tom, qui la tient longuement serrée contre lui.

Un policier hésite à leur signifier que le stationnement à cet endroit est interdit, mais sa présence est assez explicite, alors Liv se détache lentement de Tom, lui fait un petit signe, monte dans la voiture, un dernier geste de la main en démarrant, elle disparait dans la circulation de l'aéroport.

Tom est là, planté sur le trottoir, son fidèle sac cabine à ses pieds, sa mission est terminée, il a un peu de mal à respirer.

Au moment de vouloir se diriger vers le sas d'une de ces portes en tourniquet, Tom voit venir à lui de l'intérieur un homme vêtu de sombre, une silhouette qu'il sent avoir déjà

croisée, l'homme au visage impassible vient vers lui, Tom reconnaît Ivan Dikov qui lui tend la main :
— Bonjour Tom.
— Bonjour Ivan, que fais-tu ici ?
— Juste vérifier que tu quittes bien la Suède.
— Pourquoi ?
— Tu te doutes que nos opérations ont plutôt mal tourné, en grande partie à cause de toi. La question s'est posée de savoir ce que nous allions faire de toi, explique froidement Ivan sans manifester une quelconque émotion.
— Ah oui ? questionne Tom, sentant un grand frisson lui parcourir le dos.
— La vie ne tient pas à grand-chose, tu le sais, Tom, un caniche par exemple, sourit Dikov.
— …
— Mais ce qui t'a sauvé hier, c'est lorsque la vidéo de nos entretiens à l'ambassade a été décortiquée, nous avons retrouvé ta phrase où tu disais que l'amiral Birilev avait sans doute agi de son propre chef, sans ordre du gouvernement, cette phrase a été portée à ton crédit et au débit de ce malheureux Birilev…
— Tu veux dire…
— Oui...
— Pourquoi m'expliques-tu tout cela, Ivan ?
— C'est plutôt une mise en garde: tu es impétueux, tu te mets facilement dans des situations dangereuses, tu devrais être plus prudent, Tom.
— Je vais méditer tes remarques, Ivan, dis-moi, tu es donc espion-chef ?
— Non, pas chef, sourit Ivan.
— Je ferai plus attention dans mes prochaines enquêtes, si jamais je devais me retrouver dans ce genre de difficulté. Si je

souhaitais te contacter un jour pour désamorcer une situation dangereuse, est-ce possible ?

— J'ai ton numéro de portable, je t'enverrai les coordonnées de mon contact à notre ambassade à Paris qui saura me joindre.

— Bien, je dois aller m'enregistrer, alors à une ..., euh non, au revoir? conclut Tom.

Il se tourne, regarde Ivan sortir, il aperçoit deux hommes costauds qui se tenaient à quelques mètres derrière lui, sans doute prêts à intervenir.

Ivan s'arrête à leur côté, jette un dernier regard à Tom, pour bien montrer que l'issue de leur conversation a été positive, ses hommes de main n'ayant pas eu à agir...

Tom lui fait un petit signe de la main et disparait dans l'aéroport.

Tous mes remerciements vont
à

Michel, Olivier
pour leur aide technique

Jean, Jean-Marc, Andrew
pour leurs conseils

Roselyne, Annick
pour leurs lectures